生まれてきてごめんなさい定食

村崎羯諦

ポプラ文庫ピュアフル

contents

Umaretekite Gomennasai Teishoku
Gyatei Murasaki

生まれてきてごめんなさい定食

ふらっと立ち寄った定食屋に、『生まれてきてごめんなさい定食』というメニューが載っていた。

これってどんな定食なんですかって店員さんに聞いたら、言葉通り生まれてきたことを申し訳なく思ってる定食なんですと教えてくれた。

そんな定食注文する人いるんですかと私がさらに尋ねると、今ではうちの看板メニューですよと店員さんが笑って答える。

「みんな心のどこかでは生まれてきて申し訳ないって思いながら生きていますからね。きっと共感する部分が多いんだと思います」

なるほどと私は笑って、その定食を注文する。

しばらくして運ばれてきたその定食は、生まれてきたことにもっと自信を持っていいのに、って思うくらいには美味しい定食だった。

生まれてきてごめんなさい。

そんな言葉を私は口にしたことはないけれど、そんな言葉を口にしちゃう気持ちはちょっとだけわかる。

生まれてきたことを心から喜べるほど何かを成し遂げたわけでもないし、生きているだけで嫌なことはひっきりなしにやってくるってことを私は身をもって体験しているから。

私は今までたくさん恥をかいて、辛いことも経験してきたけど、それはこれからの人生でもきっと変わらない。

人生で死ぬほど恥ずかしかったことランキングは毎年のように更新されていくし、たまに訪れるささやかな楽しみ程度でチャラになるほど簡単なものではない。

それでも私は臆病で卑怯者だから、今日も生きるためにご飯を食べるし、健康に気を遣ってエスカレーターではなく階段を上る。

長生きしたいわけでもないのに、変なの。

自分で自分にツッコミを入れながら、私は今日も恥をかく。


神様は一体どんな気持ちで私たち人間を作ったんだろう。百歩譲って世界全体のことを考えてはいるのかもしれないけど、少なくとも私の個人的な気持ちなんてものは考えてもいないんだと思う。

そんなもやもやした気持ちを抱えていた時、いつもハガキを出しているラジオ番組にお悩み相談という形で電話出演することになった。ちょっとだけ舞い上がってしまった私は、その時の気持ちを公共の電波に垂れ流してしまう。

「人生で何かを成し遂げたわけでもないですし、誰かのために役に立っているというわけでもないんですよね。だからといって、悲劇の主人公みたいにみんなから同情されるくらいにひどい目にあっているわけでもなくて、お笑い番組を見てゲラゲラ笑ったり、週末にはお酒を飲んで楽しい気分にはなってます。でも、それだけで本当にいいんだろうかって思ってる私もいるわけですよ。適度に幸せで、適度に不幸せで、贅沢だなーって思われるの覚悟で言っちゃうと、人生の意味を強烈に感じられるほどの人生を送れてないと思ってるんです」

うんうん、お茶漬け大魔神さんの気持ちはすごくわかるよ。

ラジオパーソナリティのタレントが私のラジオネームを呟きながら、相槌を打つ。

私はベッドの上で寝返りを打つ。二週間以上洗ってない枕カバーの匂いを確認しながら、私は言葉を続けた。

「生まれてきてよかったって心から思えないのは、やっぱり可哀想なことなんですかね?」

高校の頃、同じクラスにアイドル並みに顔が可愛い女の子がいた。

かっこいい軽音楽部の先輩と付き合っていて、成績もよくて、いつだって友達に囲まれている。

私は彼女の姿をクラスの端っこから観察するのが好きで、幸せそうな人生だなーとか、一日でいいから入れ替わりたいなーっていつも思ってた。

だけど、大学進学後にたまたま仲良くなったその女の子の従姉妹から、その子が小学生の時に、鬱病だった母親が父親の腹を包丁で刺したという話を聞いた。

なんか、ごめんなさい。

私は何とも言えない気持ちになって、話を聞かせてくれた従姉妹に謝った。

私に謝ることじゃないでしょと、その子の従姉妹は呆れた口調で言葉を返す。

「どんなに努力しても幸せになれないなんてことはたくさんあるのに、不幸になるのはお米を研ぐより簡単。人間自体がさ、そもそも不幸になるように設計されてるとしか思えないよね」

その子の従姉妹は度数の高い日本酒を口に運びながら語った。

「なんでそんな欠陥だらけの設計にしちゃったんだろうね、神様は」

「私はね……神様の悪ふざけ説を提唱するわ」

その子の従姉妹は大袈裟に拳を振り上げ、もう一度宣言する。

「神様の悪ふざけ説を提唱するわ！」

話は変わるけど、反出生主義者だった大学の知り合いができちゃった結婚をした。

でも、これくらい矛盾だらけの方が、私たちはもっと楽になれる気がする。多分ね。


楽しいことが起きるよりも嫌なことが起こらない方が私にとってはすごく大事で、それはつまり人生で何も起こらない方がずっとマシだってことになって、突き詰めればそもそも生まれてこない方がよかったね、なんてことになる。

自分から進んでこの世界に生まれてきたわけではないのに。

そんな子供じみた考えをしている一方で、世界中のどこかでは生きたくても生きられない人がいる。

生まれたかったわけではないのに生きている私と、そういう人たちとを比べれば、どうしても生まれてきてごめんなさいって気持ちになってしまう。


幼馴染が子供を産んだから、そのお祝いを兼ねて、彼女の家へ遊びに行った。

彼女の腕に抱かれた赤ん坊はまんまるの目を私の方へ向けて、それからぷいってそっぽを向いた。

そんな可愛らしい子供を見ながら、私は将来この子はどちら側の人間になるのだろうと考える。

産んでくれてありがとうと心から言える人間になるのか、生まれてきてごめんなさいと思いながら毎日を生きる人間になるのか。

生きる理由を持っている人の方が珍しいこの世界で、この子が将来壁にぶつかった時、一体何を考えるんだろう。

そんなことを思いながら私は変顔をして、赤ん坊のご機嫌を伺う。

その子は私の十八番の変顔をちらっと見た後で、困惑した表情で母親に助けを求めた。

「ありがとう。遊びに来てくれて」

幼馴染が赤ん坊をあやしながらぽつりと呟いた。

「ここ最近はさ、誰とも話さずにずっと家にこもってたから、気分が滅入っちゃってたの。旦那は仕事が忙しくて全然育児を手伝ってくれなくてさ、赤ちゃんが寝て一息つくお昼時なんかさ、毎日泣いてたの。でも、こうして久しぶりに誰かとお話しできて、嬉しかった。美幸《みゆき》ちゃんがいてくれて……本当によかった」

ありがとう。幼馴染が私の目を見て、そんな言葉を口にする。

私がこの世に生まれてきてよかったね。私が照れ隠しでそう言うと、幼馴染はきょとんした表情を浮かべる。

何でもないよと私が返し、変なのと幼馴染が返した。

脈絡もなくそんなエピソードを挟むなんて、お口直しか何かのつもり？　そんな風に思われるかもしれないけど、それもまた人生でしょ。

曖昧でどっちつかずで、結局何が言いたいのかわからないのがさ。

ちなみに数ヶ月ぶりに例の定食屋を訪れたら、生まれてきてごめんなさい定食はなくなっていた。

店員さんに聞いてみると、その代わりに新しいメニューができてますよと言って、壁にかけられたメニューを指差した。

『生まれてきたんだから感謝しろ定食』

どういう定食なんですかと私が尋ねると、店員さんはその言葉通りの意味だと教えてくれた。

「『生まれてきてごめんなさい』の逆ってことですか？」

「ええ、そうです」

「普通に考えたら『産んでくれてありがとう』とかじゃないんですか？」

「そうおっしゃるお客さんも多いんですけど、私個人としてはこっちの方が好きですね」

なるほどと私は笑って、その定食を注文する。

定食を待ちながら、私もそっちの名前の方が好きだなってぼんやりと考えた。

生まれてきてごめんなさいじゃあ卑屈すぎるし、産んでくれてありがとうだと綺麗すぎる。

生まれてきたんだから感謝しろって戯けるくらいが私にとってはちょうどいい。

しばらくして運ばれてきた定食を、私はゆっくり味わいながら食べ始める。

生まれてきたことへの感謝を押し付けるその定食は、もうちょっと謙虚になった方がいいよ、って思うくらいの美味しさだった。

五反田の魔女

科学技術が発展した現代においてもなお、幼子を腕に抱く母親を震え上がらせる恐ろしい魔女は存在する。そして、その内の一人は、東京都品川区五反田の場末でうらぶれたスナックを経営していた。

彼女は腰にまで届く、縮れた赤褐色の長髪を有し、いつも仮面のように厚い化粧で、逆らい難き老いによる皺《しわ》を巧みに覆っていた。何百年という残酷な時間の流れで、その体力と容姿はめっきり衰え、椅子から立ち上がるたびに、膝が断末魔のような悲鳴をあげた。彼女は空気の代わりに煙草を吸い、飲み水としてお酒を飲む。唯一の楽しみは客の出入りが少ない平日の夜に、定年間際の常連客と下卑た話題で盛り上がることだけだった。

それでも、彼女の魔力と残酷な性格は何世紀を経たとしても変わることはなかった。

そして、その魔女の鋭く尖った毒牙に食いつかれた、憐れむべき姉弟がいた。成人する前に両親を亡くした彼らは、ふとしたきっかけでこの魔女と出会い、その立場の弱さにつけこまれた。魔女は姉にとって大事な弟に恐ろしい魔法をかけ、彼を小石ほどのシジミへと変えてしまった。

たった一人の肉親を失い、少女は悲しみで泣き崩れた。魔女は少女に対し、自分の言うことを聞けば、この弟をもとの姿に戻してやるし、そうでなければみそ汁の具材として食べてやると脅迫した。弟を自分の半身よりも愛していた少女に選択権はなかった。

それ以降、弟を人質に取られた少女は、魔女が経営する小さなスナックで、ただ働き同然で働くようになった。

少女は弟を助けるため、休むことなく必死に働いた。魔女や酔客からの嫌がらせにも耐え、文句も言わずに働き続けた。どうしても泣きたい夜は、二階の小さな物置部屋に引きこもり、シジミとなった弟を入れた水槽を抱きしめ、声を押し殺して泣くのだった。

彼女は若く、純真だった。だからこそ、彼女は言いつけを守っていればきっと、魔女が自分とシジミになった弟を解放してくれると信じていた。

しかし、魔女は残酷だった。そして、それは魔女が魔女たるゆえんでもあった。

魔女は少女との約束などさらさら守るつもりもなかったし、なぜこの幸薄い少女がこの場末のスナックで働いているのかさえ時々忘れてしまうほどだった。魔女は毎日打楽器のように響く笑い声をあげ、管楽器のような甲高い声で少女を怒鳴り散らす。少女はその屈辱にも耐え、歯向かうことすらしない。その態度がますます魔女の加虐癖をくすぐり、魔女はより一層激しい罵倒を少女に浴びせるのだった。

不幸を置き去りにしたまま、三年という月日が流れた。

少女の瞳からは輝きが消え、栗色で艶やかだった長髪も、過労で真っ白になっていた。少女を支えていた希望もまた、時の流れという風雨によってすっかりもとの形を失っており、代わりに彼女の心の深奥には鳥のように黒い憎悪と復讐の悪魔が巣くっていた。

空き瓶を抱きながらカウンターに突っ伏す魔女を氷のように冷たい目で見おろし、右手に持ったアイスピックを振り下ろそうと考えたことが幾たびも、あった。

しかし、それでも彼女の寝床にいるシジミとなった弟の存在が、その悪魔が勝手気ままに彼女を操ることを許さなかった。彼女はそのたびごとに途中で理性を取り戻し、自分がつい今しがた考えていたことにおののき震えた。そして、すぐに二階の物置小屋へと駆け上がり、シジミとなった弟の前で泣きながら赦しを乞うのだった。

しかし、それでも彼女の精神は臨界点に来ており、ちょうどその時分に、彼女は酔っぱらった常連客からある一つの伝承を聞くことになる。

「魔女はな、嬢ちゃん。火で殺さなくちゃ、そいつが今までかけた魔法が解けずに残っちまうらしい。だから、中世のヨーロッパじゃあ、魔女はみんな火炙《あぶ》りになったわけよ」

カウンターから離れたテーブル席で、常連客はそう言った。

その客は呆れるほどのほら吹きで有名で、だからこそ、彼女を含めた他の客らもいつものふざけた出鱈目《でたらめ》だと笑い飛ばした。少女もまた、両手で度数の高いお酒を大事そうに抱えながら、愛想よく笑う。しかし、他の客の誰も、彼女の瞳の奥に瞬いた鋭い光に気が付かなかった。

彼女は三年以上もの休みない労働で習得した愛想笑いを浮かべながら、煙草の箱をポケットから取り出した客の横に座る。

そして、ぞっとするような冷たい笑みを表情に張り付けたまま、男が咥えた煙草の先にライターを持っていき、いつものようにこなれた動作で火を灯すのだった。

その晩、いつものようにお酒を抱いたままカウンターに突っ伏した魔女の横に、少女は亡霊のように立っていた。しかし、彼女の右手にはアイスピックではなく、ライターが握られていた。

彼女は息を殺したまましゃがみ込み、虱《しらみ》が涌《わ》き、脂の臭いがする魔女の長髪の先にライターを近付ける。少女は少しだけ逡巡したのち、ライターに火を灯す。

揺らめく青白い炎を彼女はそっと魔女の髪の先っぽへと近付けていった。

しばらくすると、火は髪の先に燃え移り、油でべたついた魔女の長い髪の毛を上へ上へとのぼっていく。

少女はそこでようやく魔女から離れ、店の奥にあるテーブル席の下へと身を忍ばせた。ちょうどそこから魔女の姿を見ることができ、また相手から見つかりにくくもあるのだった。

少女は息を殺し、じっと燃え上がっていく炎を見守った。

消灯され、すっかり暗い店の中で、炎のみが明るく輝き、離れたところにいる少女の顔を薄いオレンジ色に照らしていた。

少女の目は大きく見開かれていた。まるで、これから起こるすべてをその目に焼き付けようとしているかのように。

髪の半分まで火が来たところで、ようやく魔女が異変を察知し、眠そうな目をしばたたきながら顔をあげた。魔女は何かを探すかのように周囲を見渡す。ふと、異常な熱さを感じたのか、自分の背中を視認する。そして、パチパチとはじけながら勢いを増していく炎をまとった自分の髪の毛を認識した。

その瞬間、魔女は耳をつんざくような叫び声をあげた。

半分垂れ下がったままだった目は大きく見開かれ、その奥にある眼球は遠くからでもわかるほどに、恐怖と混乱で真っ赤に充血していた。魔女はすぐさま無造作に置かれた椅子を蹴散らしながら、カウンター越しにある水場へと飛んでいき、水道の蛇口へと豚のように膨れた手を伸ばした。

しかし、そこでもう一度魔女は金切り声をあげた。蛇口をひねるためのハンドルが予め少女によって取り外されていたからだった。それでも魔女は汚く伸び切った爪で引っ掻《か》き、爪が剝《は》がれ落ち、指の腹が摩擦熱でボロボロになると、今度は煙草で黄ばんでしまった歯で何とか水を出そうと試みた。

しかし、水はいっこうに出ることはなく、そうこうしているうちに火は髪から上着へと燃え移っていった。

魔女がもう一度断末魔の叫び声をあげる。

熱さと恐怖で冷静さを失った魔女は狂ったように水道をこぶしで殴り始める。指先と手の甲からは膿《うみ》のように黄色い血がしたたり落ちていた。それでも、魔女は自らの行動を御することができず、また痛みすら感じていないようだった。

魔女はすでに火だるまになっていた。魔女は助けを求めて叫び続ける。その中には、少女の名前もあった。

しかし、少女は、身体全体が炎に包まれ、イルミネーションのように明るく輝く魔女をテーブルの下からじっと観察するだけだった。少女はただ、目の前に起きた惨劇を、歴史家のような目で冷静に見つめるだけだった。

魔女は立つ力さえ失い、冷たいコンクリートの床に倒れ込んだ。喉はすでに焼かれてしまい、叫び声をあげることすらできなかった。

そして、力尽きたようにその場で動かなくなった。

魔女は死んだのだ。

少女は魔女が動かなくなってようやくテーブル下から這い出た。魔女がもう絶命していることを遠目から確認するとすぐに、少女は二階の寝床から、シジミとなった弟が入った水槽を取ってきた。

彼女は水槽をカウンターに置き、その前の椅子に座った。そのまま、彼女はじっと水槽の中にいるシジミを見続ける。弟の魔法が解ける瞬間を待つために。

彼女は今までと同じような忍耐強さをもって弟を待ち続けた。魔女の奴隷となり、過酷な労働を強いられてきた彼女にとって、ただ座って待つことなど何の苦もない。座った状態のまま、彼女は何時間も待ち続けた。

しかし、目の前にいるシジミは弟へと戻ることはおろか、健気な姉の情愛に応えようと身体を動かすことすらしなかった。いつの間にか夜が明け、暗い店内が、窓から差し込む朝の陽ざしで明るくなり始めた。そこでようやく少女は魔女の魔法が解けることがないという残酷な事実を突き付けられた。

少女であり、シジミとなった弟の姉である彼女は両手で顔を覆い、声をあげて泣いた。朝の雑踏音や黒炭となった魔女が放つ強烈な臭いにも構わず、彼女は一日中泣き、自分と弟の運命を嘆いた。

日が暮れ、夜が訪れ始めた時分、ひとしきり泣いた少女は自分の空腹に気が付く。

少女は真っ赤に腫れた目をこすりながら、台所へ行き、鍋に水を入れた。少女はそのままカウンターへと戻り、水槽からシジミを取り出すと、それを丁寧に流水で洗い、鍋の中へ放った。

そして、少女はその鍋で少量の湯を沸かし、頃合いを見て味噌を溶かし、シジミの味噌汁を作った。

少女はもう一度だけ涸れたはずの涙を流したのち、そのシジミの味噌汁を美味しそうに食したのだった。

キャベツの芯

同棲生活を解消してから、心に穴が空きっぱなし。

無理をして借りた2ＤＫの部屋は、休みの日を一人ぼっちで過ごすにはあまりに広くて、気が付けば部屋の隅っこで何をするでもなくぼーっと外の風景を眺めるだけ。窓の外を横切る人の半数以上は一人のはずなのに、なぜか仲良さそうに歩くカップルだけが妙に目に付いて、やっぱり私だけがこの世界だけで一人ぼっちなんだなと、自分で自分を惨めにしては、自分のもものあたりを指でつねって、そこから感じる痛みにどこか自分を見出したりして。

たーくんとの関係はずっと前から破綻してた。だから、最後の方はたーくんの些細な言動にイライラしっぱなしだったし、どうせすぐに終わっちゃうんだろうなと頭の片隅で思いながら同棲生活を過ごしていたわけだし、いくら今が一人ぼっちで寂しいからって、あのまま別れずにいたらそれはそれでストレスマッハな環境で身体もお肌もボロボロになってただろうってことは何となくだけど自覚している。安月給の私から金を取れるだけとって、家事も掃除も行政手続きもすべて私に押し付けて、自分は何をしているかというと働きもせずにただ家でゲームをしてるだけ。

で、ただ何もしないならまだしも、掃除の邪魔にもなってたし、風呂だって二日に一回しか入らないから、抱き合う時なんてたまに排水口の底のようなにおいがしたし、私が癇癪を起こして、わけもわからず喚き散らしている時も、絶対にぶつかってこずに、どうせ時が経てば終わるだろうという魂胆丸見えの態度でやり過ごそうと、平謝りを繰り返すだけの超絶怒濤の卑怯な性格だったし、ああもう悪口を言い出したら止まらないからこの辺でお終《しま》い！

とにかく元カレは最低最悪のヒモ男だったわけで、いいところなんて全くなかった。臨終前に私の人生を振り返る時も、この交際期間だけは多分ぶっちぎりの黒歴史として、病院のベッドの上で恥ずかしさと悔しさで身悶えするんだろうなと今からでも断定できるくらい。友達だって、あんな男やめとけって口を酸っぱくして言ってたし、正月に帰省した時に一緒に恋バナに花を咲かせた従妹も、私だったら絶対に別れるし、そもそもそんな地雷男と付き合ったりしないって、道路にまき散らされたハトの糞を見るような目つきで、心底哀れそうに私に告げてきた。そういった優しい人たちの助言をもっと素直に受け止めていれば、もっとずっと早く別れることができて、精神的にも金銭的にも失うものがもっともっと少なかっただろうなってわかってはいるんだからね！

でもさ、たーくんは私の初めての彼氏だったんだよ。ずっと女子校で男っ気皆無の人生を送ってきた私にとって、優しくしてくれたり、楽しそうにおしゃべりしてくれるだけでもある意味、そんな男の人がいるんだって衝撃的な出来事だったわけで、まさかこの世の中には、たーくん以外にも同じように私に優しくしてくれる人がわんさかいるだなんて到底想像できなかったし、そんなこと学校でも全く教えてくれなかった。当たり前のことなんだけど、当たり前だからこそ、みんなわかっているだろうって、誰も口にしないわけで、そういうわけがわからない不文律みたいなものが私みたいに、バカで無知で世間知らずな温室育ちのお嬢さんを、たーくんみたいなダメ男に引っかからせているんだろうなって、結局は私が全部悪いってことはわかってるんだけど、このままだと私がああいった失敗を犯したのは、もう学校の先生とか親のせいなのかもって思っちゃいそう。

何もしないまま貴重な休みの日が終わるってことがもういつの間にか当たり前になってたし、今日だってもうほぼ何もしないまま終わりに近づいているし、というか、あんまり長い間たーくんと過ごしていたせいで、一人での時間の過ごし方を忘れてしまってて、ああもう誰か、充実した休日の予定の立て方をマニュアル本か何かにまとめて出版してよ、絶対買うからさ！

日が沈んで窓の外がだんだん暗くなっても、まだそんなに時間たってるなんて理解できなくて、空気を読めない私の腹時計がグーグー音を立て始めてようやく、ああ、もう夜ご飯の時間なんだなと理解する始末で、もはや野生動物みたいな生活リズムになってる自分を感じて自己嫌悪がさらに深くなっちゃうよ。

重い腰をあげてキッチンに立って、今日は冷凍しているひき肉の種を使って、ロールキャベツでも作ろうかなって思った瞬間に、たーくんが私のロールキャベツをあんまり美味しくないって言って喧嘩になった思い出がフラッシュバックした。

ああ畜生、こっちが料理を作ってやってんのに、何でそんな偉そうな口が利けるんだって時間を飛び越えて腹が立つと同時に、そんな不満を言ってくれる人さえいずに、この広い部屋で一人分を一人で作って一人で食べる今の自分がどうしようもなく可哀想に思えちゃって、ああもう泣きたくなっちゃう。

とりあえず、冷蔵庫の野菜室から丸々一個のキャベツを取り出し、外側の葉を数枚切り取った後で、いや、一人分だし、そんないらないかって一、二枚を三角コーナーにつっこむ自分の行動で、自分がまだたーくんを心のどこかで引きずっているんだなって改めて感じちゃった。

結果的に死んだ魚のような目つきをしたまま、キャベツの葉から固い芯を取り除いて、二枚分のキャベツの芯を切り取った後、サイの角のようなキャベツの芯を自分でもよくわからないうちにしげしげと見つめているうちに、ふと思いついて、爪楊枝で、先が細くなっている方の表面に三つの小さな穴を開けてみる。

と、それだけで疲れすぎているのか人の顔みたいだなって自分で面白くなっちゃって、両手に一本ずつキャベツの芯を握って小学生時代にやったような調子で声をアテレコしてみる。

「そんなに落ち込まないで加奈子《かなこ》、きっとあなたにふさわしい男が現れるよ」

「そうだぞ加奈子、元気を出せよ。お前がいつも頑張っているのは俺たちが一番よく知っているんだからな」

そうやって両手に握ったキャベツの芯をお人形さんみたいに動かしていると、自分のみじめさとみじめさとみじめさで、心の底から泣きたいという気持ちが喉のあたりまでこみあげてくる。

というか、まじ無理、もう泣きます。三十歳も少し先に見えてきたOLが、暗いキッチンで、一体何をやってるの？ というか、何でキャベツの芯が人のように見えちゃうわけ？ どうかしてるんじゃないの？ こうやってお人形遊びしていたころの自分が今の私を見たらどう思う？

　むしゃくしゃして両手に持っていた二本のキャベツの芯を台所に投げつけると、ごんって鈍い音を立てて、芯がシンクの底に叩き蹴られて、そのうちの一本がそのまま反動で流し台の外へと面白いように飛んで、私の足元に落ち、そのままリビングの方へと転がっていく。

　急ぐ必要もないのに、なぜか慌てちゃって、転がっていくキャベツの芯を身をかがめたまま追いかけていたら、前が見えていなかったせいで、半開きになっていたキッチンとリビングの間の扉の角に思いっきり頭をぶつけちゃって、あまりの痛さにそのまま前のめりに無様な恰好のまま倒れこんじゃう。

　鈍い頭の痛みにうんうん言いながら、ひんやりとしたフローリングの床に頰をくっつけていると、何だかこのまま消えてなくなりたい、もうどうでもいいやって気持ちになって、そのままキャベツの芯をほったらかしにして目をつぶってみる。

　目をつぶったら目の前が暗くなって、それはまあ当然なんだけど、そういえば寝る前以外にこうやって意識的に目を閉じるのもすごい久しぶり。夕飯の準備をしなきゃとか、明日仕事だわとかいろんな雑念が私の頭の中に浮かんでは消えて、いつの間にか、もうこのまま寝よっかっていう思考で頭の中がいっぱいいっぱいになってきて、こんだけ疲れているんだから仕方ないよねって私が私に言い聞かせて、結局何が言いたいかというと、もうこのまま寝ちゃうね、おやすみなさい。

家電菜園

九州のおばあちゃんの家は周りが広い畑で囲まれていて、そこでおばあちゃんは家電を栽培している。

いわゆる家電菜園というやつだけど、元々農家だったということもあってかなり本格的で、電子レンジや、炊飯器など、いろんな種類の家電を育てている。

夏休みには毎年おばあちゃんの家に帰省して、一週間ほど自然に囲まれた家でゆっくりと過ごす。

私は弟と近くの川でザリガニを釣って遊んだり、おばあちゃんの家の畑で、たわわに実った家電を収穫するお手伝いをしたりした。

「よう見とき、由香里《ゆかり》ちゃん。炊飯器は、こうやってコンセントの差し込みプラグば手で持って、捻るようにちぎっとたい。そしたら、ほれ、こげん綺麗に収穫できる。やってみぃ」

草いきれに蒸れた畑に腰をおろし、私はおばあちゃんから家電の収穫の手ほどきを受ける。

それからおばあちゃんに教えてもらった通りに、炊飯器のコンセントの差し込みプラグを手でつかんで、えいやっと手でひねる。

プチッと軽快な音がして、コンセントがヘタから綺麗に切り離される。

へこみがあって、色もくすんでいて、家電量販店で売っているような立派なものでは決してない。

それでも、自分の手で炊飯器を収穫できたことが嬉しくて、私は思わずはしゃぎ声をあげてしまう。

「おかーさーん。見て！　炊飯器が採れた！」

収穫したばかりの炊飯器を両腕で抱えて、縁側でうちわで胸元を扇ぎながらくつろいでいたお母さんのもとに駆け寄る。

林の匂いを含んだ風が吹いて、風鈴が軽やかな音色を立てる。胸元をはだけさせたお母さんは私の腕に抱えられた炊飯器を見て、あら、立派な炊飯器と笑いながら褒めてくれる。

「ねぇ。今日のご飯は、由香里が採った炊飯器で炊いてくれる？」

「うーん、そうねぇ。由香里が採った炊飯器はちょっと小さすぎるから、一合しか炊けなそう。明日、昼食におにぎりを握ってあげるから、その時に使おっか」

「うん！」

私は畑の土がついたままの炊飯器を縁側に置いて、おばあちゃんのもとへと駆け戻る。

夏の日差しは強く、サンダルの裏から伝わる土の熱気が身体を昇って、首筋から汗が流れる。

お母さんが私の採った炊飯器でご飯を炊いてくれるって。

私がおばあちゃんにそう伝えると、おばあちゃんは皺だらけの顔をほころばせて、よかったねと言ってくれた。


「お義母さん。畑で採れた家電もいいですけど、そろそろ量販店で売ってる最新の家電を使ったらどうですか。別に量販店に行かなくても、今の時代ならネットですぐに注文できますし」

夕飯時。

炊事場での作業をようやく終え、エプロンを外しながら食卓についたお母さんがおばあちゃんにそう言った。

私たちが囲む座卓の上には家ではあまり食べないような食事が並んでいる。

野菜が大きくカットされた筑前煮、フキの佃煮。ご近所さんが釣りのおすそわけとしてくれたアジをたたきにして、ごまとニンニクとあえたもの。野菜をサイコロの形に切ったものを入れたのっぺい汁。どれもこれもおばあちゃんの家で採れた家電を使って作った料理だ。

最新の家電だともっとパッと作れるんですよ。お母さんはそう勧めるが、おばあちゃんは笑いながら首を横に振る。

「店で売っとるような家電は何ばしよるかわからんし、うちの畑で採れたやつが一番安心ばい」

「大丈夫ですよ。最近の家電メーカーはそこらへんの品質管理はきちんとしてますし、ものすごく簡単に操作できるんですよ。それに、ＡＩ機能とかいろんな機能がついてすごく便利になってるんです」

弟が私の小皿に自分の食べられない野菜をそっと置いてくる。

私は弟の頭を小突き、野菜を弟の皿に戻す。

喧嘩はダメだぞとお父さんが私たちを静かに注意した。

「私はおばあちゃんの家で採れた家電の方がいいかな。家のやつで作るより、美味しくなる気がするもん」

「由香里も自分で家事をするようになったらわかるわよ」

私はお母さんの言葉にむっとする。

しかし、言い返す言葉も思いつかず、私は黙って筑前煮のごぼうに箸を突き刺した。

一昨日おばあちゃんが畑で採ってきた扇風機の風が私の髪を優しく撫でる。

窓の外は都会では見たことのないような真っ暗闇で、中庭にはえた草木が夜風に揺れていた。

夕食を食べ終え、居間で家族みんなで団欒していると、食器洗いを終えたお母さんがお父さんの仕事用パソコンを持って戻ってきた。

お母さんは机の上でパソコンを開き、おばあちゃんに声をかける。

それから二人は顔を寄せ合って、パソコン画面を覗き込む。私がこっそり後ろから近付いてみると、二人が見ていたのはネット通販サイトだった。

お母さんがおばあちゃんに一つ一つの商品について説明していて、おばあちゃんは一応説明を聞いてはいるものの、どこか気乗りしない感じだった。

「ほら、見てください。この電子レンジなんか、無農薬で栽培されてるやつですよ。それに生産者の顔とどこで作られたのかだってきちんと書かれています。それに、三年間の保証サービスが付いてるんで、すごくお買い得なんです」

お母さんが見やすいようにと画面を拡大する。右上には農作業着を着て、立派な電子レンジを胸に抱えた農家の人の写真が貼られている。

その隣には長野県のどこそこの村で栽培されていたものだという説明が書かれている。

長野県は電子レンジの生産量が日本で一番なのだと、お母さんがおばあちゃんに補足する。

「おばあちゃん、通販サイトで家電を買うの？　畑じゃもう家電作らないの？」

私がたまらず声をかけると、お母さんとおばあちゃんが私の方を振り返る。

いや、見とるだけばいとおばあちゃんが返事をすると、お母さんが一瞬だけ私の方を見て、余計なことを言うなと目で訴えてくる。

お母さんの言う通り、私の家で使っている最新家電はすごくおしゃれだし、おばあちゃんの畑で採れる家電なんかよりずっと頑丈で、時々変な音を鳴らして止まっちゃうことなんかもない。

だから、おばあちゃんの畑で採れる家電のよいところを言おうとしても何も思いつかなかった。

私は何も言えず、黙ってしまう。

お母さんがパソコンの画面へと視線を戻し、説明を続ける。

おばあちゃんは通販サイトで家電を買うつもりなんてないのに、お母さんが次々とサイトのページを開いて、すごい技術を使って、すごいお金をかけて生産された家電を紹介していく。

すごかね。

おばあちゃんはお母さんの説明に頷きながらじっと耳を傾ける。

台所から畑で採れた自動食洗機の不快なビープ音が聞こえてくる。

間抜けで、田舎臭いその音が、パソコンで表示された最先端の家電とのどうしようもない性能の差を示しているみたいだった。

私はお母さんの横でパソコンの画面を見つめるおばあちゃんの背中を見つめる。

心なしかその背中はどこか寂し気な感じがした。

一週間が過ぎ、私たちが自宅に帰る日になる。

荷物を車に詰め、帰省中一緒に遊んだ友達とお別れをし、車に乗り込む。

「いいですよ、お義母さん。家にはちゃんと量販店で買ったやつがありますから」

「遠慮せん、遠慮せん。去年持たせたやつももう古くなっとるけん、今年採れた新しいやつば持って帰らんね」

座席のシートに膝立ちし、後ろの窓から声のする方を見てみる。

車の外ではおばあちゃんがお母さんに、畑で採れた家電の入った紙袋を渡そうとしていた。

なかば強引におばあちゃんが家電を手渡し、渋々お母さんはもらった家電をトランクへと押し込んだ。

「また正月に来るね！」

窓を開け、おばあちゃんに最後のお別れを言う。

おばあちゃんが穏やかに手を振り、それからゆっくりと車が走り出す。

畦道を通り抜け、国道まで出たところでおばあちゃんとおばあちゃんの家はすっかり見えなくなり、あたりはただ田んぼが広がるだけの風景になる。

「あなたからもちゃんと言ってよ。気持ちは嬉しいんだけど、毎年毎年、畑で採れた家電を持たされるのは大変なのよ。家に持って帰っても、扱いに困るし」

「少しくらいいいじゃないか。お袋だって俺たちが帰ってきて嬉しいんだから。ちょっとくらいわがままに付き合ってくれよ」

「家電の処分とか全部私がしてるから、あなたはそんなのほほんとしたことが言えるのよ」

お母さんとお父さんが毎年恒例の会話を繰り広げる。

横では弟が大きなあくびをし、バッグに入れていたゲーム機を取り出し、それで遊ぼうとする。

酔うからやめときなさい。

こちらを振り返ることなくお母さんが弟に注意し、弟が渋々ゲーム機をバッグにしまう。

私は好きだけどな。おばあちゃんが畑で作った家電。

そう小さく呟いてみたが、声は車のエンジン音にかき消され、お父さんとお母さんの耳には届かなかった。

私はバックミラー越しにおばあちゃんの家の方角を見つめる。

田んぼで囲まれた田舎の風景、夕焼けに照らされ茜色に染まった稲。

私は帰宅すると同時に押し入れの中へと放り込まれるであろう家電に思いを馳せた。

同じタイミングで車がゆっくりと交差点を曲がり、トランクに押し込まれていた家電同士がぶつかり、かすかに鈍い音を立てた。

空の底で祈る

死期が近付いた風はほんのりと春の匂いがする。

幼い頃に祖母から聞いたこの言葉が、『風の看取り人』として働く日々の中でふと頭をよぎることがある。

祖母は春の匂いと言っていたけれど、風たちの匂いはそんな単純なものじゃない。

ずっと海を旅していた風は磯の匂いがするし、住宅街の隙間を吹き抜けるのが好きだった風は、雨に濡れた夏のコンクリートの匂いがする。

中華街をうろうろしている食いしん坊の風は美味しそうな匂いを染み付かせていて、山頂で長い時間を過ごしていた風は鼻を突き抜けるような乾いた匂いがする。

考えれば当たり前なんだけど、人間と一緒で一つ一つの風に個性があって、みんな違った毎日を送っている。

それでも、風たちは自分の死期が近付くと、私たちがいるこの谷底へと何かに導かれるようにやってくる。

そして、長い長い一生からしたらほんの一瞬である最期の時間をこの場所で過ごし、それから空へと還っていく。

地上で産まれた私たちが土へ還っていくのと同じように。

「きっとユーナさんはこの仕事が向いていると思うわ。言葉で説明するのは難しいんだけど……ずっとここで働いてきた私の直感がそう言ってるの」

人間関係を理由に会社を退職した私が、住み込みで働けて、なおかつ学歴経歴不問という理由で受けた『風の看取り人』の面接。その面接の中で、当時ここの施設長だったマドカさんが私にかけてくれた言葉。

志望動機を聞かれてしどろもどろな受け答えしかできなかった私への慰めかなって思ったけど、後々人事の人に話を聞くと、採用の決め手になったのはマドカさんの強い推薦だったらしい。

私たちが風の看取り人として働く施設は、周りを高い山で囲まれた谷底にある。日中であっても、太陽の光が周囲の山に遮られ、日向よりも日陰が多い。

私が施設を初めて訪れた時も、よく晴れた日の午後二時だったにもかかわらず、谷底はうっすらと暗く、ひんやりとした空気が周囲を包み込んでいた。昼間なのに暗くて不思議な感じでしょう？　キョロキョロと周囲を見渡していた私に、面接会場まで私を案内してくれた人事のイワモトさんが話を振ってくれた。

そうですね。私は相槌を打ち、施設の窓へと視線を向ける。

窓から見える中庭では季節の草花が生い茂り、少し離れた場所に日向と日陰との境界線ができていた。

都会から離れ、人の話し声も聞こえてこないこの場所では、耳を澄ませば風たちが樹の葉を揺らす音が絶えず聞こえてくる。

「でも、嫌な暗さじゃないです。心が不思議と落ち着いて、居心地がよくて。何ていうか……木漏れ日の下にいるような、そんな感じがします」

ぽつりと呟いたその言葉に私を案内してくれていたイワモトさんが不思議そうにこちらを振り返る。

その瞬間、私は自分の口から溢れた言葉をハッと自覚し、恥ずかしさのあまり顔全体が火照っていくのを感じた。

「き……聞かなかったことにしてください……」

うつむきながらそう言った私に、イワモトさんが顔を綻ばせて笑う。

ずっと前にここに入った人も、あなたと同じようなことを言っていたんですよ。イワモトさんは懐かしそうな表情を浮かべながら教えてくれる。

就職が決まり、その後改めてお話を伺った時、私と同じようなことを言った人というのは、マドカさんだということを知った。

面接の時に私にこの仕事が向いていると言ってくれたのも、ひょっとしたら自分と同じような匂いを感じたからなのかもしれない。

だけど、マドカさんが言う通り、私がこの仕事に向いているのかは全くわからない。風の看取り人ではあるけれど、その他にも事務的なお仕事だったり、研究活動のお手伝いだったり、いろんなことをやらなくちゃいけなくて、決して要領がいいとはいえない私は周りの人たちに助けられながら毎日を過ごしている。

細かい気配りができるわけでもないし、一緒に働いている研究員さんたちみたいに頭がキレるわけでもない。

一緒に働く人たちはいい人ばかりだし、みんなから可愛がってもらっているけれど、この仕事に向いているって一体どういうことだろうっていつも考え込んでしまう。

「ユーナがこの仕事に向いているところ？　うーん……ごめん、ちょっとだけ考えさせて」

一年先輩で、私と同じく住み込みで働いているミスミちゃんが、タバコを吹かしながら考えてくれる。

施設の外に置かれた二人がけのベンチで、私は谷底に広がる景色を眺めながらミスミちゃんの言葉を待つ。

タバコの白い煙が昇っていき、少しだけ上空では風たちがその煙と戯れている。

人間とは違って、タバコの煙と匂いが好きな風は多い。

だから、こうして屋外でミスミちゃんがタバコを吸っていると、近くにいた風たちが近付いてきて、彼女の上空をぐるぐると回りだす。

近くに生えている常緑樹の葉っぱがこすれあい、さざなみのような音を奏でている。

仕事中にタバコを吸えるから。どうしてここで働こうと思ったのかと尋ねた時、ミスミちゃんは冗談混じりにそう教えてくれた。

「ユーナの長所だけど、一つあったよ。ユーナってさ、すごく風に懐かれやすいよね。それっていいことじゃない?」

「風に懐かれやすいって言ってもさ、ミスミちゃんとか他の人たちもみんなそうじゃんか」

「いや、何というかさ、他の職員たちには全然懐かない風でも、なぜかユーナだけには心を開いてくれるってことが多い気がするんだよね。イワモトさんから聞いたことがあるんだけどさ、看取り人を選べずに、ずーっとこの谷底に住み続けてるって風も多かったらしいよ。ユーナがここで働き始めてからさ、そういう死ねずにいる風が少なくなったってイワモトさんも褒めてたよ」

働き出したらいろんな仕事をしなくちゃいけないわけだけど、それでも私たちは風の看取り人としてこの谷の底にいる。だから、私たちが一番やらなければならないことは、風の死を見届けること。

だけど、風が死を迎えるタイミングに規則性なんてものはない。

それはよく晴れた日の正午だったり、遠くの景色が見えなくなるほどの土砂降りの日だってこともある。

ただ、その時が来ると、私たちは風の看取り人として、風たちのもとへ行かなければならない。

そして、その時というのは、風に看取り人として選ばれ、呼びかけられる時。

私は寮の部屋でパッと目を覚ます。そのまま起き上がり、時計を確認すると、時刻は深夜二時を回ったところだった。

私は隣のベッドで寝ていたミスミちゃんに視線を向けた後で、彼女を起こさないようにそっとベッドから抜け出し、外へ出るために着替えを始める。

「呼ばれたの？」

私が振り返ると、ベッドの中でミスミちゃんが寝ぼけ眼で時計を確認していた。

ミスミちゃんは？　と私が尋ねると、私の方は呼ばれてないとあくびを噛み殺しながら答えてくれる。

「どの子？」

「多分、『カイト』くんだと思う。起こしちゃってごめんね」

「ううん、大丈夫。そもそも眠りが浅かったしさ。時間も時間だし、一緒に行こっか？」

「ううん。今日は特に冷え込んでるし、大丈夫。それに私だけが呼ばれたってことは、きっと私一人に来て欲しいんだと思うんだ」

助かるわー。ミスミちゃんがあくびをしながらそう言って、再び暖かいベッドの中へと潜り込む。

だけどすぐに右腕だけベッドの中から出てきて、壁にかけられた防寒具を指差す。外は寒いから私のダウンを着て行っていいよ。ミスミちゃんがベッドの中からそう言ってくれる。

私はお礼を言って、あまいタバコの匂いがしたそのダウンを着込む。その上からマフラーを巻き、外で下に敷くためのブルーシートとランタンを手にし、暖かい部屋から外へ出る。

谷の底の夜は深い。

周りの山によって丸く切り取られた夜空には砂金がばら撒かれたように星々が輝い

ていて、氷を張ったような静寂に満ちている。

星の光を陰らす街明かりはなく、遠くから車が走る音が聞こえてくることもない。真冬というわけでもないのに外は突き刺すような寒さで、手袋の中で私の指先にチリチリと焼け付くような痛みが走る。

口からこぼれた吐息はタバコの煙みたいに真っ白で、吐息に含まれた水蒸気は月明かりを一瞬だけ反射して煌めき、夜の中へと溶けていった。

私は谷の底を歩き続ける。

迷うということはない。ただ風が呼んでいる方角へ歩き続けるだけでいいから。時折夜更かしをしている風が私のそばを無邪気に通り抜けて、寒さで身体がぶるりと震える。

私は歩きながら、私を看取り人に選んだ『カイト』という名前の風のことを考えた。

私たち看取り人は、この谷底にやってきた風たちに名前をつけている。もちろん仕事の都合上命名が必要だという理由もあるけれど、それ以上に、風一つ一つに私たちと同じような人格があると信じているから。

『カイト』が死ぬためにこの谷底へやってきたのは、ちょうど三ヶ月前だった。

谷底に来てからというもの、私たち職員はおろか、他の風たちとも関わろうとせず、いつも谷底の隅っこに生えている梅の樹の近くに一人ぼっちでいた。

他の職員が仲良くなろうと近付いても、私たちを避けるように空高く上がっていき、それから数時間は戻ってこない。そんな風。

ミスミちゃんも他の看取り人も近付くことすらできない一方で、なぜか看取り人の中で私一人だけその子に近付くことができた。

ただ、ベタベタと私に擦り寄ってくるというわけでは決してなくて、私が近付いても、まるでそこには私がいないかのように逃げないというだけ。

私から声をかけたりしても、何らかのアクションが返ってくるわけではなくて、ただ気まぐれに樹の葉っぱを揺らしては、私に触れないぐらいの距離を保って周囲を吹き抜ける。それだけ。

風には個性があって、私たち看取り人との相性だってある。

私たち看取り人も人間だから、人懐っこい風の方が好きになるし、そういう風たちと戯れることが楽しかったりする。

だから『カイト』のように、いくらこちらが歩み寄っても決して打ち解けてくれない風は、他の風たちと比べて扱いが大変だって言う人もいる。

だから、唯一近付ける私だけは、できるだけそばにいてあげようと思って、仕事の合間に『カイト』がいる場所へと通うようにしていた。

『カイト』がそんな私のことをどう思っていたのかはわからない。

人間と同じように一人でいるのが好きな風もいるし、ひょっとしたら鬱陶しいと思ってるのかなと不安になったこともある。

それでも、私はなぜか『カイト』を放っておけなくて、通い続けた。

そして、今夜他の看取り人ではなく、私を看取り人として選んでくれたということが、私の行動に対しての彼なりの答えなのかもしれない。

考え事をしているうちに私は目的地へとたどり着く。

そこは『カイト』がいつも一人ぼっちで時間を過ごしていた梅の樹の近くだった。

私は部屋から持ってきたブルーシートを敷き、地面に腰を下ろす。

ブルーシート越しに土の柔らかい感触と冷たさが伝わってきて、私は反射的に自分の二の腕あたりをさすった。

風の看取り、なんて、大袈裟な言葉がついているけれど、お経のようなものを唱えたり、儀式めいたものをやるわけではない。

私たち風の看取り人は、風に呼ばれた場所に向かい、それから風が空へと還っていくのを見届け、彼らが消えていった空へ向けてささやかな祈りを捧げる。それだけだった。

　本当にただ黙って見ているだけでいいんですか？　私が初めて風の看取りを行った時、同行してくれた先輩のマドカさんにそう聞いた。

　その時も、今日みたいに凍えそうなほどに寒い深夜で、私とマドカさんは小さなブルーシートの上で、お互いに身を寄せ合って風の死を見届けた。

「儀式みたいなものを作ってもいずれ形式的なものになってしまうし、言葉だって、初めは立派な意味を持っていたとしても、時間と共に言葉の羅列へと変わってしまう。風が望んでいるってわけじゃないしさ、人間が勝手に不安がってそういうものをするのはちょっと違うかなって私は思うの」

「でも、やっぱり何もしないで見ているってだけっていうのも……」

「それは違うと思うな。私たちは何もしてないわけじゃない。風たちが空へ還っていく瞬間、その瞬間に私たちは寄り添って、ささやかな祈りと一緒に見届けてあげる。それは、立派な役目なんじゃないかな？」

　マドカさんが穏やかな表情で呟く。

　目の前に置いたランタンの光で浮かび上がるマドカさんの綺麗な横顔は幻想的で、

私は思わず見惚れてしまう。

ままでも、私も最初の頃はユーナちゃんと同じ気持ちだったけどね。

マドカさんがこっちを向いて、照れ臭そうにはにかんだ。

「そういえばですけど、どうして私がこの仕事に向いているって面接の時に言ってくれたんですか？」

あの時、私は自分の照れを誤魔化すように、マドカさんにそんなことを聞いたことを思い出す。

マドカさんは直感だよと笑ったけれど、それから風が消えていった方角を向いてから、ぽつりと語ってくれた。

「誰かから深く傷つけられた人の多くはね、意識的か無意識的かに関係なく、傷つけられたという事実を心の中でずっと恨み続けてしまうの。その恨みは忘れようとすればするほど、心の奥へ奥へと潜り込んでいってしまう。そして、傷つけられた誰かに手を差し出そうとした時、その潜り込んでしまった恨みがひょっこりと顔を出すの。自分の時は誰も助けてくれなかったのに、誰かから助けられるなんてずるいってね。そんな気持ちから、差し出そうとした手を引っ込めてしまう。引っ込めるだけだったらマシで、恨みがとても強ければ、さらにその人を傷つけようとしてしまうかもしれない」

マドカさんがそこで深く息を吸った。

私は何も言わずに、マドカさんの言葉を待つ。私たちの呼吸の音が夜の静けさに溶けて、消えていく。

「でもね、ユーナちゃんは違うと思った。これは私の直感だけど、あなたは誰かから傷つけられてもなお、同じように傷ついた人たちに心から手を差し伸べることができる人。そんな感じがしたの。谷の底にやってくる風もね、みんながみんな幸せな毎日を過ごしてきたわけじゃないと思う。心に傷を負ったままの風もいるかもしれないし、誰も信じられなくなった風もいるかもしれない。そんな風たちに寄り添って、看取り人として看取ることができるのは、そんな人だと私は勝手に思ってるの。誰かから傷つけられる痛みを知っていて、そして、心の底から他の傷ついた人に手を差し伸べられる人」

目を閉じれば、その時のマドカさんの表情が浮かび上がってくる。

私はマドカさんが考えてくれているようなできた人間だと胸を張って言えるわけでもないし、マドカさんの言葉を完全に理解できたとも言えない。

だけど、ミスミちゃんが私の長所だと言ってくれたこととカイトが私を選んだことはひょっとしたら関係があるのかもしれない。寒空の下、私はふとそんなことを考える。

そしてそんな考え事をしていたちょうどその時。私を看取り人として選んだ『カイト』がこの場所へと来たのがわかった。

私が顔をあげると、それに応えるように『カイト』が私の頬を撫でる。上空で落ち葉がくるくると螺旋を描くように回り始める。風が頬を撫でる感覚は少しずつ短くなっていき、それから少しずつ風が弱くなっていくのがわかる。

足元へ視線をやると、下に敷いたブルーシートの端がパタパタと音を立てて捲れていた。

弱まっていた風が強くなっていく。

その時が来た。私はぐっと身体全体に力を込めた。

風が流れる方向が螺旋ではなく、真上へと変わった。身体全体が浮き上がるような感覚。私はぎゅっと手を握る力を強め、空を見上げた。

風に舞い上げられた落ち葉が高く高く登っていき、澄んだ冬の夜空へと吸い込まれていく。ブルーシートの捲れる音と空中で落ち葉がこすれ合う音が響き渡る。風が弱くなり、そしてまた強くなる。目にかかった前髪を手で払い、私は両手を組んで祈った。

永遠かと思われる時間。そんな時間はふっと息が切れるように終わりを迎える。空へと吹き上がる風が少しずつ弱くなっていき、風の音が少しずつ小さくなっていく。

そして風が止んだ。

あたりを静寂が包み込み、自分の呼吸の音だけが聞こえてくる。私は空を見上げた。空へと還っていった風の跡を、探すように。

風が死ぬ時、なぜ看取り人を必要としているのか。その理由はまだわかっていない。看取り人がいないと死ぬこと自体ができないのか、死ぬその一瞬を誰か他の存在に見届けて欲しいからなのか。それすらもわかっていない。

私は空へ還っていった『カイト』のことを想う。

谷底の端っこでずっと一人ぼっちでいた風。

この子もまた、心に傷を負った風なのかもしれないと私はふと思った。

風が何を考えているのかなんてわからないし、風たちが何を楽しいと感じ、何を悲しいと感じるのかすら私たち人間にはわからない。

『カイト』が空で生まれ、長い長い一生を生きて行く中で、ずっと一人ぼっちで生きていたのか、それとも何かのきっかけで一人ぼっちで生きて行くことを決めたのか、それすら私たちには知りえなかった。

私はふとある偉人の言葉を思い出す。

『人生の99％が不幸であっても、最後の1％が幸せであれば、その人の人生は幸せなものに変わる』

風にとっての幸せが何なのかなんて私にはわからない。

それでも、空へと還っていくその最後の瞬間を、私が看取り人として見届けたことに何かしらの意味があると信じたかった。

私はもう一度空を見つめた。

私の気持ちに応えるように、夜空の星々が一瞬だけ瞬いたような気がした。

「ほらほら！　早く早く！　他の人も待ってるよ！」

部屋の外から聞こえてきたミスミちゃんの声に、私は支度をしながら返事をした。

深夜に『カイト』を看取った翌日の正午。

いつもほんのりと暗い谷底に、空の真ん中に位置する太陽が日差しを降り注いでいる。

私は粉末状の石鹸と少量の蜂蜜を水で溶いた液体をボウルいっぱいに入れる。

そして、液体をこぼさないようにボウルを持ち上げて、みんなが待つ中庭へと急いだ。

中庭にはミスミちゃんの言う通り、この施設で働くみんなが集まっていた。

そして、その中にマドカさんの姿を見つけた私は、驚きのあまりボウルを落っことしてしまいそうになる。

ミスミちゃんが慌てて、私が持っていたボウルに手を伸ばし、こぼれないようにフォローしてくれる。

珍しいですね。私が上ずった声で話しかけると、マドカさんが茶目っ気たっぷりに笑って答えてくれる。

「今日は元々事務手続きのためにちょっとだけ顔を出す予定だったの。そしたらさ、昨晩ちょうどユーナちゃんが風の看取りをやったって聞いたからさ、久しぶりにシャボン玉を飛ばそうかなって思ったの」

私はシャボン玉液が入ったボウルを草原の平らな場所に置く。

ミスミちゃんや施設で働いている人たちが群がって、吹き具を液に浸していく。

よく晴れた空へ一番最初にシャボン玉を飛ばしたのはミスミちゃんだった。

ストローで作った吹き具の先から透明な膜が膨らみ、太陽の光を反射して虹色に輝く。

球体となったシャボン玉は吹き具の先から離れ、それからゆっくりと空へと昇っていく。

いつもタバコを吸ってるから上手でしょ？　ミスミちゃんが戯けて、周りの人たちも一緒に笑った。

それから私や他の人たちも彼女に続いてシャボン玉を飛ばし始めた。

シャボン玉は谷底からゆっくりと空へと昇っていき、ここで死を待つ風たちに時折邪魔されながら、さらに上へと昇っていく。

風を看取る時、お経を唱えたり、儀式をやったりといった特別なことはしない。それでも、風を看取ってから、次の晴れた日に、風が還っていった空へ向けてシャボン玉を飛ばすという慣習があった。

風の看取り人として風の死を見届けた人間が準備をして、谷底に広がる草原からシャボン玉を飛ばす。

何か意味があるわけではない。

ただ、数十年前に一人の看取り人が個人的に始めたことが、数十年経った今も続いている。それだけのことだった。

「昨日『カイト』くんっていう風を看取った時、マドカさんと風の看取りをやった時のことを思い出したんです」

隣でシャボン玉を楽しそうに吹くマドカさんに、私はそう話しかけた。

懐かしいね。

マドカさんが笑って、私の方へと顔を向ける。

「私がこの仕事に向いている理由について聞いたんですよね。覚えてます？」

「もちろん。あの時のちょっと納得いってないような、ユーナちゃんの顔もね」

「それは忘れてくださいよ……」

「あれからたくさん看取り人をやったと思うけどさ、私の言ってたことって正しかった？」

まだわからないです。私はえへへと笑って、シャボン玉を飛ばす。

ふわふわと空へ向かって飛んでいくシャボン玉を見上げながら、私は空へと還っていった風たちのことを想った。『カイト』だけではない。私がこの場所で働き出してから、看取り人として死を見届けたすべての風たちのことを。

彼らが、自分たちの一生が幸せなものと思えますように。
空の底から私は祈る。
ここでは穏やかに時間が流れ、空へ還っていく風たちの匂いが残っている。
その匂いは、ちょっとだけ季節はずれの、春の匂いだった。

木曜日が美味しい季節

工藤《くどう》アナ「こんにちは。すっかり秋も深まり、木曜日が美味しい季節がやってまいりました。というわけで、今週の『らくらくKitchen!』では旬の木曜日と秋野菜をふんだんに使ったミネストローネの作り方をご紹介したいと思います。それでは、美奈子《みなこ》先生。本日もよろしくお願いします」
美奈子先生「はい、よろしくお願いします。まずは本日の料理で使用する食材のご紹介から。椎茸やさつまいも、市販されているベーコン。そして、本日の主役である、木曜日です。こちらはちょうど一週間前の木曜日で、鮮度抜群のものを使用していま す」
工藤アナ「レシピに使用する食材やレシピは、リモコンのdボタンからご確認いただくことも可能です。そちらも合わせてご覧ください」
美奈子先生「それでは、早速調理に取りかかりたいと思います。木曜日を一度塩茹でし、その合間に椎茸やさつまいもは一口大のサイズに切っていきます。木曜日をこのように下茹でしておくことで、平日半ば特有のえぐみみたいなものを取ることができるので、大変おすすめです」
工藤アナ「下茹でをするのはちょっと面倒！　という場合はどうしたらいいでしょうか？」

美奈子先生「はい。その場合は軽く塩で揉んで、それを水で洗い流すだけでも結構です。お子様など独特のえぐみが苦手という方もいらっしゃいますが、一手間加えるだけで全く違った味わいになるのが木曜日の特徴となっています。これが本日一番のポイントですね。それではこちらに下準備を済ませた食材がございますので、鍋に投入していきます。灰汁を取りつつ、十分ほど煮込んでいきましょう」

工藤アナ「この『らくらくＫｉｔｃｈｅｎ！』も毎週木曜日の13：15から生放送でお送りしているわけですが、美奈子先生は先週の木曜日はどのように過ごされたんですか？」

美奈子先生「先週の木曜日ですか？　そうそう！　放送終了後に料理本の出版イベントに参加したんです。初めての経験だったのですごく不安だったんですが、みなさんに優しくしていただいて本当に嬉しかったです」

工藤アナ「先生はとても素敵な木曜日を過ごされたんですね」

美奈子先生「工藤アナはどのような木曜日だったんですか？」

工藤アナ「私ですか？　ちょうど先週の木曜日に、七年付き合ってた彼氏と別れました」

美奈子先生「…………」

工藤アナ「…………」
美奈子先生「…………よい思い出も、悪い思い出も、こうやって調理したら同じになりますから」
工藤アナ「たしかにそれも曜日料理の醍醐味ですね。視聴者の皆様も木曜日料理を食べながら、その日の思い出について食卓で話に花を咲かせるのもいいかもしれません」
美奈子先生「そうですそうです。悪い思い出も食べて忘れちゃいましょう」
工藤アナ「七年という月日は食べて忘れることができるほど簡単なものじゃないですけどね……」
美奈子先生「さあ！　十分食材に火が通ったので、盛り付けをしていきましょう！最後にバジルを振りかけると彩りと風味がアップします。これで本日の料理、『旬の木曜日と秋野菜を使ったミネストローネ』の完成です」
工藤アナ「栄養もたくさん摂れ、風味豊かな味わい深い料理となっています。ぜひ視聴者の皆様もお試しください」
美奈子先生「今日の放送から一ヶ月、木曜日を使った料理シリーズと銘打って、さまざまな料理を紹介していきます。来週金曜日の放送では、同じく旬の木曜日を使ったグラタンを紹介したいと思います」
工藤アナ「あれ？　『らくらくＫｉｔｃｈｅｎ！』は毎週木曜日放送のはずですが……」
美奈子先生「すいません……来週の木曜日なんですが、一足先に私が食べちゃったんです」
工藤アナ「もう、先生ったら。食いしん坊さんですね」
美奈子先生「えへへへ」
工藤アナ「美奈子先生が来週の木曜日を食べてしまったため、来週の『らくらくＫｉｔｃｈｅｎ！』はいつもと異なり、金曜日13：15からの放送となります。それでは皆様、ごきげんよう」
美奈子先生「ごきげんよう～」

湖林の人喰カタツムリ

まだ僕の叔父さんが生きていた頃、僕はよく家に遊びに行き、叔父さんが飼っていた人喰カタツムリを見せてもらっていた。

その時はまだ自治体から駆除対象の害虫として認定される前だったけれど、叔父さんのように人喰カタツムリを飼っている人など滅多にいなかった。

水槽ほどの大きさの四角いガラスケースの中は本来の生育環境に近付けるための苔や朽木が敷き詰められ、場違いな赤色のプラスチックの丸皿に、色彩鮮やかな金平糖が盛り付けられていた。

七匹いる人喰カタツムリのうち、必ず二、三匹がその餌場に群がっていて、真珠貝色の丸い殻を重そうに引きずりながら、競い合うようにして金平糖の上を這いずり回っていた。

残りの数匹は大抵、朽木の上でじっとしていて、時々思い出したように数センチ前進しては、再び何事もなかったかのように動かなくなる。

彼らの二本の角の先はビーズのように丸まっていて、僕がいたずらでガラスケースを揺らすたびに、周囲の異変を察知しようと、くるくると角の先を回し始める。

僕はそれを面白く思って、叔父さんにもうやめなさいと注意されるまで、何度も何度もガラスケースを揺らしていた。

頃合いを見て、叔父さんはカーテンを閉め切り、部屋の電気を消して、室内を真っ暗にする。すると、何も見えない部屋の中で、人喰カタツムリの丸い殻がエメラルド色に光り始める。最初は部屋の明かりの残像かと見間違えるほどに小さな光で、それが徐々に明るさを増していく。

数分もすると、人喰カタツムリの身体、そして、その周辺の苔と朽木のこげ茶色の表面が、エメラルド色の光を反射して、幻想的に輝き始める。優しくも鮮やかなその光は彼らの銀色の粘膜を浮かび上がらせ、人工苔に生気を帯びたみずみずしさを与えた。

ガラスケースの中は七匹分の人喰カタツムリの殻の光で満ち、それはまるで、万華鏡の中の世界をあちらこちらにばら撒いたようだった。

「人喰なんて物騒な名前をつけられてはいるけれど、それは単純に彼らが雑食なだけなんだ。彼らもお腹が空いていなければ人間を食べようなんて思いもしないし、食べるとしても、生きた人間を襲うなんてことはしない。彼らは仲間同士でも争い事を好まないし、男女という性別を超えて愛しあう。それに、暗い闇夜の中でも、こうやって自らのエネルギーを消費して、自分がここにいるんだという自己表現を行う。彼らが輝く様子を見るたびに、生命の儚さと力強さに思いを馳せずにはいられない。僕はいろんな国でいろんな生き物を見てきたけど、この人喰カタツムリほど僕の心をつかんだ生き物はいないね」

僕が初めて人喰カタツムリの発光現象を観賞した時、叔父さんはこのように語った。

僕はまだその時中学生で、正直言って叔父さんの言うことにピンときてはいなかった。

しかし、この言葉をふと思い出した今、僕はなぜだか強く胸を締め付けられるような気持ちになった。

それは僕が叔父が達した境地に近付くことができたからなのだろうか、それとも、今は亡き叔父の姿を思い出し、郷愁に駆られるからなのだろうか。

叔父さんは僕が大学一年生の時、突然の心臓発作でこの世を去った。

孤独を愛する叔父さんはフリーランスの翻訳家で、自宅が職場だったから、約二週間もの間遺体は誰にも見つかることなく、狭い八畳の部屋に放置されることになった。

夏だったこともあり、叔父さんの身体は溶けたアイスクリームのようなドロドロの黒い半固形体となっていて、白いウジ虫が涌き、上方ではインド舞踊のように、蠅たちが密集して踊り狂っていたらしい。

しかし、それとは別に、叔父さんの右足の膝から下が跡形もなく消えてしまっていた。

　後からわかったことだが、叔父の右足は餌を求めてケースからの脱出に成功した一匹の人喰カタツムリが食べ尽くしてしまったらしい。

　この話を聞いた人間は誰もが、そのグロテスクさに眉を顰め、嫌悪の表情をありありと浮かべた。

　だけど、僕だけは不思議とその人喰カタツムリに負の感情を抱くことはなかった。食べるものがなくなり、仲間が飢えで死んでいこうとする中、その一匹の人喰カタツムリだけは必死の思いで四角いガラスケースを脱出し、自分たちを可愛がってくれていた飼い主の死骸を貪ったのだろう。

　僕はその一匹の人喰カタツムリを憎むことはできないし、それはきっと叔父さんも同じ気持ちなんだと思いたい。

　彼は生きようとしたんだ。

　その生命の儚さと力強さに、僕は思いを馳せずにはいられない。

　人喰カタツムリは毒を持っているわけでも、人を襲うわけでもないが、人間の嫌悪感だけはどうにもならないようで、今から数年前、自治体から駆除対象害虫に認定された。

だけ思う。

この決定に、もしかしたら、叔父さんの死も関係していたのかもしれないと、少しだけ思う。

何はともあれ、人喰カタツムリは行政の機械的かつ徹底的な駆除処理によって、この街からその姿を消していった。

今手に持っている夕刊の記事によると、人喰カタツムリに残された生息地は郊外の湖林と山奥の湖畔だけになっていて、そこも今年中には完全な駆除が実施されるとのことだった。

僕は別に行政の活動に反対するわけでも、衛生活動の名の下に行われる、その機械的な大虐殺に遺憾の意を示すわけでもなかった。

ただ、今はもういない叔父さんとの思い出を思い出し、彼らがこの街からいなくなってしまうその前に、もう一度だけあの幻想的な光を見てみたいとふと思っただけだった。

窓の外を見る。乱立するビルの赤みがかった影が東へと伸び、紺色と紫色の入り混じった薄い雲の間からは茜色の空がのぞいていた。

僕は立ち上がり、樫でできたこげ茶色棚の上に置かれた一眼レフを手に取った。

そして、コルク板にかけられていたバイクのキーをつかみ、夜が忍び寄る家の外へと飛び出した。

人喰カタツムリがまだ住んでいるであろう湖林へ向かってバイクを走らせる。

市街地から離れた場所にある一般道に移ると、途端に車の交通量が減り、たまに見かける車も、自分の進行方向とは逆の、ネオンで照らされたこの街の中心街へと向かうものばかりだった。

思えば、このバイクも、背中のリュックに詰めた一眼レフカメラも、どちらも叔父の影響だった。

物心がついた時にはすでに父親という存在を失っていた自分は、叔父に父親の影を追い求めていたのかもしれない。

それでも、僕と叔父さんの間には目には見えない線が引かれていて、僕らは二人とも、その正当性を疑うこともなく、その線の内側に入ることをよしとしなかった。

叔父さんも僕以上に孤独な人間だったし、孤独な人間同士がくっつき合ったとしても、二つの凹んだピースが組み合わさって、一つの四角い穴ができるだけだということを僕らはすでに知っていたのかもしれない。

叔父の死について、そして叔父との関係について、後悔がないといえば嘘になる。

だけど、仮に過去をやり直せるとしても、僕はきっと同じことを繰り返す。

僕が抱く後悔はその程度のものでしかない。

その揺るぎない事実がどうしようもなく悲しく、やるせなかった。

小さな駐車場にバイクを止め、端っこにひっそりと置かれていた自動販売機で冷たいアイスカフェオレを購入した。

リュックから一眼レフを取り出し、それを首にかけ、林の中へと歩いていく。

自然公園として整備されている湖林の入り口には白い警告看板が立てかけられていた。

『コノ林ニ人喰カタツムリ在リ。恐レヨ』

林の中は昨日まで降り注いでいた雨の名残で、空気と植物が潤いを帯びていた。

整備された小道から外れた林の奥は霧で覆われ、露出した首元に手を伸ばすと、ひんやりとした心地よい湿り気を感じることができる。

僕は小道の丁字路で立ち止まり、スマホの明かりを頼りに湖林の案内板を確認する。

案内板の右隅に描かれた楕円形の湖。僕はそっと指でその絵の縁をなぞる。木製の看板はたっぷりと水分を含んでいて、ペンキが所々剝がれ落ちていた。

僕は一眼レフを右手で握りしめ、案内板で示された湖がある方向へと歩き出した。

整備された小道を外れ、草が生い茂った林の中へ、霧の中へと入っていった。

奥に進むにつれ、整備された小道に設置された橙色の明かりが小さくなり、まとわりつくような暗闇が徐々にその色を濃くしていく。

それでも不思議と不安や恐怖は覚えなかった。

張り詰めた静寂の中で、羽虫が飛び回る羽音や樹木の息遣い、所々にできた水たまりを踏む自分の足音が反響する。

僕は何も言わないまま、何も考えないまま歩き続けた。

林の中では残像のような過去のイメージが木の表面に現れては消え、消えては現れた。それは僕の同級生の姿であったり、昔お世話になった近所の住民であったりしたが、叔父さんの残像は一度たりとも現れることはなかった。

背中越しに、残像が僕を呼び止め、立ち止まるように懇願する声が聞こえてくる。

しかし、その声はどれもみな空疎で、息を吹きかければ霧散しそうなほどに軽いものだった。それはまさに僕が生きてきた人生と同じだけの重さだった。

僕はそれらを振り切り、歩き続ける。

歩みを止めて立ち止まり、そこに沈み込んでしまえるほど、僕の記憶は深いものではなく、そして温かいものではなかった。

突然目の前の視界が開け、運動場ほどの大きさをした湖が姿を現した。

僕はその湖を前にして、ただじっとその場で立ち尽くした。

暗闇に目が慣れていくにつれ、闇夜の中で僅かな光があちらこちらにポツポツと明滅していることに気が付く。

光は、湖の中から突き出た蔓のように細く、互いにもつれ合った樹木の幹の上に、不規則な並びで光り輝いていた。

僕はその光源に目を凝らした。見覚えのある、淡い、エメラルドの光。それらはまさに、この湖林の人喰カタツムリたちの光だった。

小さな光は目が慣れていくにつれて、その数を増していき、闇夜の静謐な雰囲気を漂わせた湖上を優しく穏やかに照らし出す。光は濁った湖面で反射し、開けた上空から吹き込む風にさざめく波紋を浮かび上がらせる。

僕は首にかけたカメラに手を伸ばし、すぐに引っ込めた。

その場に座り込み、目の前の光景に身体と心を委ねる。手を地面につけると、ぬかるみの泥がついた。深く息を吸い込むと、潤いで満ちた空気が肺を満たした。眠るように目を閉じると、真っ暗な世界の中に緑色の星が瞬く夜空が浮かび上がった。

僕は目を開け、右隣へと視線を向けた。

そこには、座ったまま、湖面の人喰カタツムリの光を見つめる叔父さんの姿があった。

叔父さんは僕が小さい時の記憶と全く同じ身なりだったが、右足の膝から下がなくなっていた。

僕が足があるべき空間を見つめていると、叔父さんは視線に気が付き、優しげな表情で微笑んでみせる。

「カタツムリに食べられてしまったんだ。でも、だからって、彼らのことを嫌いにならないでくれよ」

嫌いになるわけないじゃないか。

僕がそう答えると、叔父さんは嬉しそうに顔をほころばせた。

僕たちはそれっきり何も話さないまま、黙って目の前の幻想的な光景を眺め続けた。

消えゆく運命にある彼らの生命の灯火は今にも消えてしまいそうで、それでいて何かを僕たちへ語りかけているかのようだった。

僕にはそれが何なのかはわからない。

しかし、叔父さんはわかっているのかもしれない。

僕が叔父さんの方へ顔を向けると、僕の考えたことが通じているかのように、叔父さんもまた僕の方を見ていた。

僕と叔父さんはぎこちなく微笑み合う。

人喰カタツムリたちの光は、そんな僕たちの距離感を埋めるように、淡く穏やかに輝いていた。

キンと冷えた氷

瑞穂《みずほ》の手って、キンと冷えた氷みたいに冷たいよね。

手と手が偶然触れ合ったその瞬間に思い浮かんだのは、何年も前に友達に言われた何気ない一言だった。

「で、ここのｓｉｎθに値を代入して……」

耳鳴りのような蝉の鳴き声が聞こえる。

図書室のカーテンが揺れる。

扇風機の風にあおられ、左に置いた教科書が数ページだけめくれる。

私たちが座る硬い長椅子の上で、私の右手に間宮《まみや》の左手が覆いかぶさっている。

「……ここってどうすればいいの」

「ここは、この前授業でやった公式を当てはめるだけだろ」

透き通った声が耳を通り抜けていく。

さっきまでは理解できていた数式が、知らない外国語のように見えてくる。

手を引っ込めることもできず、当たってるよとおどけることもできず、私は少しだけ顔をうつむけて相槌を打つ。

冷たい手だと思われていないだろうか。

何の反応もしないなんて面白みもないと思われていないだろうか。

柄にもないそんな考えが私の頭に浮かんでは消えていく。

ひょっとするとからかわれているだけなのかもしれない。ふと思い浮かんだ不安が針のように胸を刺す。

間宮はどう思っているのだろうか。

バレないようにそっと視線を右へと向ける。

そして、間宮の真っ赤になった耳が目に入ったその瞬間、私の身体の奥から熱がこみ上げてくる。

嬉しさと恥ずかしさで無意識のうちに呼吸が浅くなる。

間宮がこちらに顔を向け、照れ笑いを浮かべながら右頬を指でかく。

おどけたような口調で、恥ずかしさをごまかすような口調で、固まったままの私に微笑みかける。

「お前も耳真っ赤じゃん」

「うっさい」

目を合わせられず、私はノートへと視線を戻す。

蟬の鳴き声はいつの間にか消え、空き缶を転がしたような扇風機の音が耳につく。

私は手を引っ込める。

上に乗っかっていた間宮の指先が長椅子の表面に当たり、こつりと音がした。
少しだけ間が空いた後、間宮の左手が私の手を追いかけてくる。
もう一度、さっきと同じように私の右手に間宮の左手が覆いかぶさる。
それから示し合わせたように二つの手のひらがゆっくりと開いていく。
私の人差し指と中指の間に、間宮の中指が潜り込んでくる。
一つ一つ、時間をかけて、私たちの指と指が絡まっていく。

——ここはさっき問一で証明した公式を当てはめんだよ
——そんなのわかるわけないじゃん

ノートの上をシャーペンが走る。
さっきまでは聞こえていなかった自分の息遣いが聞こえる。
左手で髪をかき分けるふりをしながら、私はそっと自分の耳を触ってみた。
キンと冷えた氷のような指先に、燃えるような熱が伝わってくる。

——ここもっとわかりやすく説明してよ

――見ればわかるだろ、見れば

指と指が絡まり、やがて手のひらと手のひらがくっつきあう。
私の冷たくて小さな右手が、大きくて温かい左手の中に包み込まれる。
体温が伝わってくる。
手の汗から緊張が伝わってくる。
氷が溶けるみたいに、私の両手がほんのりと湿っていく。

――そういえば試験って何時限目だっけ
――三時限目じゃなかったっけ

私と間宮の声がする。まるで知らない誰かと知らない誰かが喋っているみたいに。
少しの間だけ止んでいた蝉の鳴き声が再び聞こえてくる。
図書室の扉を開閉する音が聞こえてくる。
カーテンの影が一瞬だけ机を覆い、すぐに離れていく。

そういえば他の科目は大丈夫なのかよ
数学以外はそれなりに取れるから平気

間宮の声は少しだけうわずっているような気がした。

私も喉が詰まりそうになる。

顔が火照る。鼓動が速くなる。視界が白くぼやける。

嬉しいのに、心地いいのに、どうしようもなくここから逃げ出したい気持ちに駆られてしまうのはどうしてなんだろう。

英語は絵美里《えみり》が一番できるんだよね
山内《やまうち》が？　へー、意外

汗を拭くために一度手を離してしまいたかった。

だけど、一度手を離してしまえば、そのままずっと離れ離れになってしまうような気がした。

五時を告げる校内放送が静かな図書室に流れる。

席を立つ人で図書室がほんの少しだけ騒がしくなる。

廊下の方で他の生徒の談笑が聞こえてきて、少しずつそれが遠ざかっていく。

私たちは何も言わない。

所在なげにノートの上を走るシャーペンが意味のない丸を描いていく。

指と指の間が、ピッタリと重なった手のひらが、熱い。

もう出る？

ノートから視線を外さないまま、間宮が尋ねてくる。

ずるいなぁ。

親指の爪の先で間宮の左手の親指の付け根をちょっとだけ擦る。

繋がっていない私の左手で軽く拳をにぎる。

それから私はうつむいたまま、できるだけ何でもないような声で返事をする。

「もうちょっとだけ」

間宮が私の手を握る力を強める。

私は少しだけ焦らした後で、間宮に負けないくらいの強さで、ぎゅっと手を握り返した。

最強のエコロジーは
人間がゴミを食べることです！

「このような研究結果をもとに我々株式会社ガベージ・イータは一つの結論を導きました。つまり、排出されるゴミを削減する最も効果的な方法は、排出されるゴミを人間が食べ、それを体内で消化することなんです！」

広い会議室。

そこに集められた大勢の人たちの前で、環境活動家と名乗った男がそのように断言した。

前方に映し出されたスライドが次のページに移り変わり、人間の体内とゴミのイラストがポップに貼られたスライドが表示される。

「もし従来と同じ手法でゴミのリサイクル処理を行おうと思った場合、まずは工場を建設するための設備投資が必要になります。運よく資金を調達でき、施設を作れたとしても、その工場を稼働させるためのランニングコストが必要となります。

いや、お金で解決できるのであればまだマシです。工場の中の機械は電気で動きますよね。つまり、環境に優しいリサイクル処理を行うために、化石燃料をガンガン燃やして電力を生むという本末転倒なことになりかねないのです。

しかし、我々が提示するソリューションは違います。初期投資もいらない。電力もいらない。必要なのは人だけです。最新の論文により、人間の消化器官には、万能かつ強力な消化機能が備わっていることがわかりました。

それは最先端の機械を駆使してゴミを再生可能なエネルギーへと変換する処理と同程度かそれ以上であると言われています。これを環境のために使わない手はありません。環境を汚してしまったのも人間だけれど、それを元に戻すのも人間なのです。

さらにこのエコロジー技術を使えば、雇用も生まれます。これこそまさにＳＤＧｓなのです！」


男の説明に会場にちらほらと拍手が湧き起こる。

誰が拍手をしているのかを確認してみると、そのいずれも身なりがきちんとした若者だった。

会場の中に集められた人間の大半は俺と同じように、ただで飯を食えて、なおかつお金をもらえるという噂を聞きつけてやってきた貧乏人。

そういった人間の集まりの中で、環境問題への意識の高さからここへ集まった彼らは、どこか浮いた存在だった。

彼らの信条を否定するつもりはさらさらないが、俺にとっては環境問題なんかより明日の食い扶持の方がよっぽど重要な問題だ。

御託はいいから早くゴミを食わせろという不満を持ちつつも、この仕事をするためにはこの研修が義務付けられているため、俺は渋々講義を聞き続けた。

それから男がこの会社がやっている環境活動について説明した後で、ようやくこの会社が開発したという食べられるゴミ、その名も『ゴミスティック』が大きな皿に載せられ壇上に運ばれてくる。

初めて見るそれはどれもサイズこそ豆腐大の直方体だが、色々なゴミからできているためか、それぞれが違った色をしていた。

男は嬉しそうに食べられるゴミを指差し、これらには有機物である生ゴミだけではなく、プラスチックなどといった無機物も含まれているのだと説明する。

独自の技術により人間の体内で栄養として消化できるような加工が行われており、現在特許申請中らしい。

「今はまだまだ発展途上ですが、今後は食品メーカーと協力して、食感・見た目・味の向上を図っていきたいと考えています」

裏返せば、今の段階ではまだまだ食えたもんじゃないってことか。

俺はそう思いながらも、安くない金をもらえるんだから仕方ないかと一人で納得する。

座学はこれにて終わりますと男が告げ、俺たちが座っている席一つ一つに、先ほど紹介された食べられるゴミが配られる。

飯を食うだけでお金がもらえて、肉体労働よりも割の良い仕事。

それだけのお金がもらえるのであれば、ゴミでも何でも喜んで食べようと思っていた。

しかし、現物を目の前にした瞬間、そのモチベーションは一瞬で消し飛んでしまった。

直方体の食べられるゴミは、独自技術とやらでは消すことのできなかった腐臭と、表面をコーティングしているゼリー状の膜から透けて見える屑の破片が、どうしようもないほど食欲を減退させる。

殺菌処理が行われ、人体には何の影響もないと理解していても、どうしても目の前の食べ物に手が伸びなかった。

「この仕事は時給制ではなく、食べたゴミの量に応じて支払うことになっています。実物を見ていただき、どうしても無理という方に強制はしませんが、その場合、バイト代を支払うことはできません」

俺は面接の時に聞かされた言葉を思い出す。

覚悟を決め、ぎゅっと目を瞑り、目の前の物体にかぶりついた。

一番最初に舌に触れるのは、表面を覆った味のないゼリー。

前歯でそれを食い破ると、中から飛び出してくる腐臭をまとった固形状のゴミ。

無駄に弾力のあるゴミの塊は、たしかに味はしないものの噛むたびにゴムを噛んでいるよう。

咀嚼していると、一部の硬いゴミが歯に当たってガリッと不快な音を立てる。

しかし、それ以上に厄介なのは臭いだ。

生ゴミの臭いなんて生やさしいものじゃない。

夏場に放置されて傷んだ海鮮物とか、汚い公衆トイレとかそんなあらゆる臭いが口の中に広がっていく。

頑張って飲み込もうとしても俺の喉がそれを拒否し、手で口を塞がないと吐いてしまいそうになる。

それでも、俺は完食したゴミ一つあたりに支払われる金額を念仏のように頭の中で唱え続け、食べ続ける。

ようやく一口分を飲み込んであたりを見渡した。

半数以上の人間がゴミを手に取ったまま固まっていて、中には机の横に設置されていたバケツに口に含んだものを吐き出している者もいた。

右の方からすすり泣きが聞こえてくる。

ちらりとそちらの方を振り返ると、大学生らしい若い女性が、食べられるゴミを持ったまま、めそめそと泣いていた。

俺のように金目的でやってきたのではなく、純粋に環境問題への意識の高さからここへやってきた若者だろう。

スタッフと見られる女性職員が女性の元に駆け寄り、そっと肩に手を置いて慰めている。

食べられませんと訴えるその女性に対して、スタッフが必死に説得を試みる。

「あなたも辛いけど、地球はもっと辛いのよ。あなたがこれを食べることで、地球からゴミが減って、みんなが幸せになるの。地球の未来のために、頑張りましょう！」

その声がけに女性が頷き、両手で涙を拭ってからガブリと食べられるゴミにかぶりついた。

そして、涙でメイクをぐちゃぐちゃにしながら、一心不乱にゴミを食べ続ける。

環境活動家なんて自己満足人間の集まりだと思っていた俺は、環境問題のためにそこまで一生懸命になれる彼女の信念に尊敬の念すら抱いた。

実際、周りを見てみても、金のためだけに集まった人間が次々と脱落する中で、環境保護のために集まった若者たちは必死の形相でゴミを食べ続けていた。

俺は彼らのように地球のために必死になることなんてできない。

しかし、仕事として引き受けた以上プライドはある。

俺は深呼吸をし、一口だけかじられた食べられるゴミを見つめる。

そして、覚悟を決め、そのゴミにかぶりつく。

それからの記憶はあまりない。

俺は次々と運ばれてくるゴミを食べ続けた。

何個食べたのかも、どれだけの時間が経っているのかもわからない。

そして、満腹がやってきてもう限界だというタイミングで、俺は手を止めた。

周りを見渡してみると、会場に集まっていた他の参加者は誰一人おらず、スタッフがちらほらと待機しているだけだった。

どれだけ食べるかは各人が決めてよく、食べ終わったらそのまま帰っていいので、俺が参加者の中で最後までゴミを食べ続けたということになる。

俺は近くにいたスタッフにもう帰りたいと伝えた。

スタッフは俺が平らげた食べられるゴミの数を告げ、それがとんでもない記録だということを教えてくれる。

そしてそれから、代表がぜひ話をしたいと言っているが大丈夫か？　と尋ねられる。

何だろうと思いながら俺が頷くと、十分後に先ほどプレゼンを行っていた例の環境活動家がやってきた。

彼はまず俺が大量のゴミを食べ、環境問題に貢献してくれたことへの感謝を口にした後で、神妙な表情で俺に告げる。

「実は我々はあなたのような人間を探していたんですよ。このとんでもなく不味いゴミを大量に食べられる人間をね」

どういうことですかと俺が尋ねると、代表はこれはここだけの話にしてくださいと前置きをしたうえで言葉を続ける。

「我々のこの技術はまさにゴミ削減を実現するブレイクスルー的なものだと考えています。しかしですね、実際にお食べになったからわかると思いますが、この不味さをどうしても世間が受け付けてくれないんです。だからこそ我々は、この不味さを解消するために日々研究を積み重ねているわけなんです。

そのためには試行錯誤が必要なんです。つまり、作っては食べ、作っては食べを短時間の間に繰り返すということが。ですが、このとんでもなく不味い食品を大量に食べられる人間がなかなか見つからなかった。今この瞬間まではね。

ここだけの話、それなりのお金を払ってまで人を募集しているのはですね、あなたのような人間を探すためでもあったんです。

もちろんあなたが環境問題に深い関心を持って、ここにやってきたというわけではないことも知っています。その点はご安心ください。契約社員という形ではありますが、大変な仕事に見合うだけの報酬は払います。どうでしょう？　我々と一緒に新しい世界を切り開いてみませんか？」

俺は男の目をじっと見つめる。

プレゼンをしている時の彼を胡散臭いと感じていたし、いわゆる環境問題を解決しようと活動する高尚な思想の持ち主なのだと思っていた。

しかし、こうして一対一で話してみて、確信する。

目の前の男の原動力は環境問題を解決したいという熱意ではない。

男の頭にあるのは俺と同じ、いかに金儲けできるかという通俗的な考えだ。

こいつにくっついていれば、金になる。俺は瞬時にそう感じ取り、男から差し出された手を握り返した。

俺と環境団体の代表は見つめあい、不遜な笑みを浮かべるのだった。

「これが世界的な企業となったガベージ・イータ社に入社した時のエピソードなんだ」

「嘘だー」

都内のタワーマンションの最上階。

俺が話す思い出話に、たまたま遊びにやってきていた孫がからかうような声をあげた。

孫が嘘だと思う気持ちも十分理解できる。

あまりの不味さで有名だった食べられるゴミを、お金を払ってでも食べたいと思わせるような味へと変えた技術を生み出した功労者であり、今ではガベージ・イータ社の取締役の一人に名を連ねる俺が、元々はガベージ・イータ社の契約社員としてスタートしたなんて一体誰が信じるというのだろうか。

ストックオプションで莫大な財を手にし、家族という幸せも手に入れた。

誰もが羨む成功者。これもすべては食べられるゴミのおかげだった。

高級椅子にもたれかかりながら、テレビへと視線を移すと、ちょうど我らがガベージ・イータ社が放送している政治CMが流れている途中だった。

『ヘイ！　まだ環境活動家みたいなペテン師の言うことなんて信じてるのかい？　そんなこと信じちゃだめだ。地球のことよりも自分たちの美味しい食事の方がよっぽど大事さ！　さあ、みんな!!　地球のことなんて考えずに、じゃんじゃんゴミを出しまくろうぜ！』

テレビタレントのセリフの後に、ガベージ・イータ社の企業ロゴがポップに表示される。

俺はそのCMの出来の良さに思わず微笑んでしまう。

ガベージ・イータ社のゴミスティックは一般的な食べ物を遥かに上回るほどに美味しい。

今や、食べられるゴミの供給量が需要に追いついていないのだ。

つまりはゴミスティックが一種の嗜好品として成立しているということ。

無論、原料はゴミだ。

ゴミが大量に出れば出るほどゴミの価値は下がり、原材料の値段が下がる。逆に、ゴミの量が減れば減るほどゴミの価値は上がり、原材料の値段が上がってしまう。そうなると、我が社のやることは決まっている。

どんどんゴミが増えるようにロビー活動を行うこと。

非常にシンプルだ。

ガベージ・イータ社がゴミを食料に変えられるからといって、すべてのゴミをリサイクルできるわけではない。

だからゴミの総量が増えればその分環境への負荷は大きくなるが、そんなことは知ったこっちゃない。

大事なのはゴミが安定供給され、我々の利益が増加することだけなのだから。

もはやガベージ・イータ社の環境ベンチャー企業としての姿は失われ、心変わりした会社から去っていった仲間も多い。

だからこそ、ほぼ創業時からこの会社で働く数少ないメンバーとして、俺が確固たる地位を築けているとも言える。

しかしもし俺と、現在の代表取締役が本当に環境問題のためだけに行動していれば、今のような成功はない。

俺は自分がやってきたことに何の後悔もないし、むしろ金を稼ぎ、税金を納め、雇用を創出しているのだから、そこらへんの一般人よりも尊重されてしかるべきだと思っている。

しかし、いくら政治広告を打っても、供給されるゴミが足りない。

ゴミが出れば出るほど我が社は潤うし、人々の食への探究心は止まるところを知らないし、我々ガベージ・イータ社もまだまだ成長し続けようというハングリー精神を失っていない。

我々にはもっとゴミが必要だ。いや、もっと正確に言えばもっとゴミを進んで食し、大量のゴミを進んで生む人々が必要だ。そのタイミングで電話が鳴って、俺の右腕として働いている部下が現在最優先で取り組んでいる極秘プロジェクトの報告を行う。

「ゴミスティックを学校給食に採用する件ですが、某文部科学大臣政務官の協力を得られそうです。また、学校教科書についても、早くて次年度からゴミの廃棄問題に関する記述をなくすよう取り計らってくれるようです。彼が当選する前から、政治資金団体にコツコツ献金し続けておいたおかげですね」

ごくろう。俺は部下の働きを労い、この調子でプロジェクトを進めるように命令を行った。目先の利益をしっかり確保しつつも、持続的な成長のために種を蒔く。ビジネスの本質だ。

俺たちが作ったゴミスティックを食べて育った子供たちが大人になるには時間がかかるだろう。だが、彼らはいずれ我が社を支えてくれる従順な消費者、供給者になってくれるはずだ。

俺は椅子から立ち上がり、自身の住むタワーマンションの最上階から街を見下ろす。自分が築き上げた地位に値するほどの素晴らしい絶景だった。

しかし、ふと視界に入った高層ビルのモニターへと目をやると、気分を害する広告が映し出されていた。

それはつまり、我々のような企業を批判する、小煩い環境活動団体の政治広告のこと。

経済を回すという我々の高尚な理念を理解しようとしない人間たちに、俺は悪態をつく。

「ふん、人間のゴミどもめ」

俺は携帯を取り出し、この街の政治家へ電話をかける。

電話に出る音、媚びるような声。

俺は快感にも似た優越感に浸る。

そしてそれから、今すぐにあのモニターで放送されている環境活動団体の政治広告を止めるように、強い口調で命令するのだった。

明日を食む

ふと空を見上げる。

怪物が覆いかぶさるようにしてこちらを見下ろしている。

舌をちらちらと出し入れしながらこちらを見下ろしている。

僕が微笑みかけると、怪物は眠そうな目をしばたたき、そのまま目を閉じてしまった。

怪物の身体は透明なガラスでできていて、後ろには青空が透けて見える。

両手で丸めた綿のような雲が非等間隔に置かれ、東の空にはエメラルドグリーンの太陽が描かれていた。

だから今日は木曜日だ。木曜日でなければ、太陽はそのような綺麗なエメラルドグリーンにはならない。

東から西へと吹き抜ける風を捕まえてみる。

尻尾の方には小麦色のタグがついていた。

小麦色は水曜日の色だ。だからこの風は水曜日の風だ。きっと一日分周りの仲間から遅れてしまっているんだろう。

僕が少しだけ手の力を緩めると、捕まえた風は僕の手を振り解き、西の空へと飛んでいった。

ここはどこか。

少なくとも怪物が僕の真上にいるのだから、あの怪物のお腹の中ではない。

でも、それは本当？　誰かに確認してみないと不安でしょうがないけれど、誰かに君の言う通りだと言ってもらったとしても、不安は僕の中に滓として残るだろう。ボトルの底に溜まったキウイジュースの滓みたいに。

ごめん、それは違う。合ってるかもしれないけれど、やっぱり違う。

目を瞑って、もう一度考えてみたけれど、今まで自分が違っていたことの方が多かった。だから今回も違う。きっと。

ところで、あの怪物はいつまで僕に覆いかぶさっているのだろう。

いや、ひょっとしたら怪物の下に僕がいるだけで、怪物が僕に覆いかぶさるようにしてこちらを見ているというのは勘違いかもしれない。

試しに僕は二、三歩ほど忍び足で後ろに移動し、見上げてみた。

怪物は目を瞑ったままで、僕が動いたことに気が付いていない。

ふいに僕はあの怪物のことが可哀想になった。

もし、目覚めたのち、真下に僕がいないと気が付いたら、彼は一体どんな気持ちになるだろう。

僕のことをひどい奴だと思うだろうか。それとも、裏切られたような気がしてひどく傷つくだろうか。

それとも別に何も思わないだろうか。

怪物にも心はある。

彼女はそう言っていた。

滅多に喋らない彼女が、繰り返し僕に話してくれた数少ないお話の一つだった。残りのお話は忘れてしまった。

たしか、甘蔗でできたオルガンの音色がさかりのついた猫の鳴き声に似ているというお話もあった気がする。

でもそれが本当かわからない。甘蔗でできたオルガンの音色も、さかりのついた猫の鳴き声も聞いたことがないから。

「もし、あなたが怪物に遭ったとしても、あまり彼らをいじめないで欲しいの。彼らはあなたを食べようとするかもしれないし、ひどく痛めつけようとするかもしれないけど、それでも、あなたは彼らにできる限り優しくして欲しいの。こんなに世界は広いのに、彼らに優しくしてくれる存在が一人もいないのはとても悲しいことだと思わない？」

僕は動いた分だけ前へ歩き、もといた場所に戻った。

怪物があえて僕の上に覆いかぶさっているのかを調べるのは、彼が目覚めた後でもいい気がした。

立ちっぱなしが辛くなり、その場にしゃがみこむ。

怪物が目を開けるのは当分先になりそうな予感がした。

急にやることがなくなったし、何か考え事でもして気を紛らわそうか。いつものように明日のことについて考えてみようか。

僕は明日のことを考えるのがとても好きだ。昨日のことを考えるよりも生産的だし、今日のことを考えるよりも夢がある。

しかし、明日までにこの怪物が目を開けなかったらどうしようか。

一、二時間なら僕も待っていられるが、それ以上僕は待ち続けることができるだろうか。

優しさを証明することは誰にもできないけれど、僕が待ってあげられる時間で僕の優しさを測ることはできるかもしれない。

風がそよぐ。

エメラルドグリーン色のタグが僕の頬にあたった。

遠くで木の葉がこすれ合う音がする。

僕はこの音が嫌いだ。誰とも触れることもできず、たった一人で風に揺らされる木の葉のことを想うと胸が締め付けられるからだ。

表面に傷がつき、散ってしまう時が早く訪れることになろうとも、誰とも触れ合えないことはとても寂しいことだ。

季節が廻り、仲間たちが吸い込まれるように地面へと落ちていく中で、孤独な木の葉はきっと、誰よりも長く枝にくっついていられることを嬉しく思うだろう。

だからなおさら悲しいし、僕はこの音がする度にどうしようもなく耳を塞ぎたくなる。

時々僕は明日を食べることができたらと思うことがある。

彼女が一緒にいた時はそれほどでもなかったのに、最近またそのように思うことが多くなった。

もし僕が明日を食べ、いつものようにブランケットに包まって眠ったとしたら、やってくるのは明日ではなく、明後日なのだろうか。

だけど、明日がないということは、明後日が今日の次の日なのだから、それはもう明後日ではなく明日と呼ぶべきなのかもしれない。

だけど、そしたら僕が食べたものは一体何なのだろう。

仮に僕が気持ちが悪くなって、ブランケットの上に昨日食べた明日をもどしてしまったとしたら、それを一体何と呼べばいいのだろう。

胃液で半分溶かされ、黄色く変色したその何かの中に、僕は存在しているのだろうか。

考えれば考えるほど思考はプロペラのようにぐるぐると回り、西の方に見える緑豊かな山麓の向こう側へと飛んで行ってしまう。

僕は何かがわかるかもしれないと思って、飛んで行ってしまった方角へと手を伸ばしてみる。

だけど、もちろん右腕がその山の向こう側まで届くはずがない。悲しいことに、どんなに懸命に伸ばしたところで、僕の右腕は弓なりになった猫の背中ほどの長さしかないからだ。

僕の名前を呼ぶ声が聞こえたので、声のする方へと振り返ってみた。

しかし、そこには誰もおらず、代わりに真珠貝色のタグが地面にぽつりと落ちているだけだった。

声は確かに聞こえた。それは人間の声でもなければ、近くに住んでいる鳥の鳴き声でもなかった。

もっと低く、くぐもった声。

すとんと何かが自分の中で落ちて、それが僕に覆いかぶさっている怪物の声だということに気が付く。

僕は真珠貝色のタグを拾い上げる。

そのタグは表面がざらざらとしていて、端っこが鼠にかじられたように欠けていた。

真珠貝色は何曜日だっけ。

いくら考えても思い出せなかった。

僕は時々、度忘れをしてしまう。そのことでよく同級生からからかわれたし、彼女からも呆れられていた。

しかし、真珠貝色が一昨日の色ではないことだけは断言できた。

すると、このタグをつけた風は明日か明後日、あるいはそれより先の未来からやってきたのだろう。

その日にはもう怪物は目覚めていて、僕がどこかへ行ってしまわないようにお願いするために、その低く重みのある声をこの風に託したのかもしれない。あるいはそうでないのかもしれない。

真珠貝色が何曜日の色かは忘れてしまったけれど、とりあえず、その日まで待ってみようかと僕は思った。

もし自分の思い過ごしだったとしても、きっと納得はできるはずだ。

僕はしゃがみこんだまま、目を瞑った。

そして、じっと待ち続けるために深く眠った。

どれだけ眠り続けたかわからない。途方もない時間かもしれないし、それほどでもなかったかもしれない。

エメラルドグリーンの太陽はとっくに沈んだだろう。

だけど、それ以上のことはどうしてもわからない。

夢の中では、一体今何時なのだろうと考えること自体が意味をなさないからだ。

もういいだろう。

僕は恐る恐る目を開け、東の空を見上げた。

真珠貝色の太陽が優しい光で地上を照らしていた。

そして、僕は真上を見た。

怪物はまだそこにいて、目を瞑っていた。

僕はじっとその怪物を見つめ続けた。

そして、しばらくしてからようやく、その怪物はゆっくりとその目を開けた。

右脇腹から夏野菜

ある朝目覚めると、俺の右の脇腹から見たことのない野菜が生えていた。

野菜は緑色の楕円形で、皮膚から直接房状に実っている。

手で触ってみると弾力があり、指先でコツコツと叩くと低い音が返ってくる。

株らしきものの数を数えてみると七つ。試しに一つを手につかみ、ぐっと引っ張ってみると、繋がっている右の脇腹に鋭い痛みが走った。

とりあえず四苦八苦しながら寝巻きを着替え、ベッドの縁に腰かけて一服する。

一体これはどういうことなんだろうか。

思い当たる節など何もない。そもそも人間から野菜が生えてくることなんてありえるのか。

しかし、そんな俺の思索を妨害するように、突然、家のチャイムが鳴り響いた。

こんな朝早くから一体誰だ。

不審に思いながら玄関のドアを開けると、そこには農作業着を着た中年男性二人組が立っていた。

「兄ちゃん、すまんけどちょっと服を捲り上げてくれまっか」

俺は言われた通り服を捲り上げる。

二人組の男はぐっと俺の脇腹に顔を近付け、たわわに実った名前もわからない野菜をじっくりと観察し始めた。

「これは上物やで、哲司《てつじ》さん」

「ええ、ここまでのものはなかなかないですよ」

「じゃあ、兄ちゃん。早速やけど、ちょいと失礼するで」

何をするつもりかと俺が尋ねる間もなく、哲司と呼ばれた男が俺の腕を引っ張り、背後に回ってぐっと俺の身体を押さえ込む。

そして、もう一人の男が俺の脇から生えている野菜の一つを手でつかみ、それを思いっきり引きちぎった。

「ぎゃあああああ！！！」

「大丈夫や、兄ちゃん！　すぐ終わらすからの！」

男は次々と脇腹から生えた野菜を引きちぎっていき、その度に俺の脇腹に強烈な痛みが走る。

抵抗しようともがいても、屈強な男から羽交い締めにされてどうすることもできない。

とうとう七つすべてが収穫されてようやく、哲司と呼ばれた男は俺を解放した。

脱力して、よろよろとその場に倒れ込む。

「上物が収穫できましたね、修二《しゅうじ》さん」

「ホンマですな、哲司さん。これはいい値段で売れまっせ。あ、そうそう忘れとったわ」

修二と呼ばれた片方の男がポケットに手を突っ込み、中から取り出した何かを俺の目の前に放り投げた。

男が放り投げたものが地面に落ち、チャリンという音がする。

それから二人組は和気あいあいと談笑しながら俺の前から立ち去っていった。

玄関に倒れたまま、男が俺に放り投げたものを手に取って確認すると、それは表面が黒く汚れた百円玉だった。


それからというもの、一週間に一度のペースで俺の脇腹からあの野菜が生え、その度に修二と哲司の二人組がそれを収穫しにやってくるようになった。

ある時は玄関から堂々と、ある時は外出先で突然。

ガタイのいい哲司が俺の身体を押さえ込み、妙な関西弁を話す修二が俺の身体から野菜を引きちぎる。

流れはいつも一緒でその後に残されるのはいつも、鈍い痛みと表面が汚れた百円玉だけだった。

ある日。二人から受け取った百円玉を貯金箱に入れながら、俺はふと自分から収穫された野菜がどう扱われているかが気になった。

タバコ片手にネットで検索してみると、某通販サイトに俺から収穫された野菜が販売されているのを発見した。

名前は『人間夏野菜』。

生産者として哲司、修二の顔写真、さらにその下には俺の卒業アルバムの写真が勝手に貼られていた。

価格は一房千円。誰がこんな野菜買うんだと思いながら下にスクロールしてみると、購入者と見られる人間のレビューが掲載されていた。

『タバコの匂いがするせいで、全然美味しくなかったです。もしかしてこの野菜の宿主は喫煙者なのでは？　そうだとするならば、野菜の宿主としての自覚があまりにも欠けていると思います!!』

俺は右手に持ったままのタバコを見つめる。

そして、少しだけ考えた後、まだまだ吸えるタバコを灰皿に押し付け、火を消した。


「歯ぁ食いしばれ兄ちゃん!! ラスト一個や！！！」

「ぎゃああああ！！！！」

いつも通り野菜を収穫され、百円玉を受け取った俺は、脇腹をさすりながら部屋に戻り、すぐさま通販サイトを開く。

禁煙を始めて一ヶ月。タバコの匂いに対するクレームはめっきりなくなり、肯定的なレビューが数多くを占めるようになっていた。

ちょっとした達成感を覚えながらレビューを眺めていると、ある一つのレビューに目が止まった。

『何だよこれ。この野菜の宿主ってブサイクな男じゃねえか！ 男が宿主の人間夏野菜なんて糞！　騙されたわ!!　金返せ！！！』

そんな馬鹿な。

しかし、さらに他のレビューを読み進めていくと、ちらほらと同じようなレビューが書かれていることに気が付いた。

どうすればいいんだ。脱力感に襲われたその時、ふとサイトの右端に埋め込まれた、性転換手術で有名な形成外科医院の広告が目についた。

俺は無意識のままマウスカーソルを動かし、その広告リンクの上でクリックをした。

「そら、二個いっぺんにいくで！！！！」

「いやああああああ！！！！」

私は百円玉を握りしめたまま急いで部屋に戻り、パソコンを開く。

性転換手術を受けてからというもの、サイトのレビューは高評価で埋め尽くされ、野菜の宿主である私は「女神」として崇めたてまつられるようになっていた。

誰かが私を気持ち悪いオカマと侮辱すれば、私の信者たちがそいつを叩きのめす。

ｔｗｉｔｔｅｒでは私の名前でハッシュタグが作られ、５ｃｈでは私の話題専用のスレッドが立っていた。

百円玉を貯金箱に入れながら私は声を押し殺して笑った。

私はネット上の、そして農業界のニューヒロインだ。

著名な文化人が私について語り、有象無象の名もなきネットの民が私から収穫された人間野菜の味を称える。

だけどまだまだ。

ネット上で騒がれるだけで終わる私じゃない。

そろそろ、ネットで話題の私についてテレビが取り上げる頃合いだ。そうすればきっと、私は現実世界でも有名人。

目を閉じれば、まばゆいカメラのフラッシュに照らされる自分の姿が思い浮かぶ。

私はほくそ笑みながらテレビのリモコンを手に取り、電源をつける。

テレビではちょうど、最新ニュースが報じられていた。

『今月二十日より、通販サイトで販売されていた人間野菜を食べた男女数十名が下痢や嘔吐などの症状を訴えていることが判明しました。現在世田谷警察署は、食品衛生法違反の疑いで、仲卸業者である南田《みなみだ》修二容疑者と真田《さなだ》哲司容疑者に対する任意出頭命令を出しており、具体的な販売経路の調査を……』

ネクタイを締めた猫

「おい、さっき言ってた資料のコピーは済んだのか？」

猫下係長《ねこした》が、猫村三毛男《ねこむらみけお》に威圧するような口調でそう尋ねた。

「し、資料ですか……？　すみません、他のことに手一杯でまだ……」

「はあ!?　優先的にやっとけってさっき言ったばかりだよなあ！　ああ!?」

謝罪の言葉をもごもごと呟く三毛男に、猫下係長が顔を真っ赤にさせながら怒鳴り散らす。

爪とぎで自分の爪を手入れしていた同期入社の猫田《ねこた》タマ次郎《じろう》は、右前の座席から聞こえてくる怒号に対し、「またあいつか」とため息をついた。

仕事のできない社会猫などいくらでもいるが、それでも三毛男ほど仕事のできない猫にはなかなかお目にはかかれまい。

就職先として人気のあるこの会社に、どうして入社できたのかと、タマ次郎は研修の時からずっと不思議に思っていた。

「すみません、今からやりますんで……」

「すみませんで済むか！　まったく、使えねえなぁ!!」

猫下係長は手に持っていた紙の資料を三毛男の顔にぶちまけ、そのまま自席へと足音をとどろかせながら去っていった。

三毛男は泣きそうになりながら床に散らばった紙の資料をかき集めたが、それを手に持ったままどうしたらよいかわからず、助けを求めるようにきょろきょろとあたりを見渡し始める。

「それって、猫缶開発会議の資料だろ。係長のところに持っていくのが嫌なら、とりあえず会議室に置いておいたら？」

見かねたタマ次郎が助け舟を出すと、三毛男は仲間を見つけた嬉しさからかぱあっと顔を明るくさせ、媚びるような視線をタマ次郎に向けた。

「そ、そうだよね。いやぁ、さすがタマ次郎くんだね。僕には思い付かなかったよぉ」

タマ次郎は三毛男のそうした態度に、どこか自分に取り入ろうとする態度が透けて見えたような気がしてぞっとした。

しかし、湧き上がる嫌悪感をぐっと抑え、タマ次郎はただそっけない返事をする。

三毛男が資料を会議室へ届けようと席を立ったのと入れ替わりで、同じく同期入社の猫原《ねこはら》ぶち郎《ろう》がマタタビ休憩から帰ってきて、気さくにタマ次郎に話しかけてきた。

「さっき、遠くから猫下係長の怒鳴り声が聞こえてきたけど、何かあった？」

ちょっとした雑談の後、人の不幸話が大好きなぶち郎は意地が悪そうにまん丸な目を輝かせながら尋ねてきた。

タマ次郎は先ほどのいきさつをぶち郎に語った。

すると、ぶち郎は「しょうがねえ奴だな」と呆れ顔を浮かべながらも、それが愉快で愉快でたまらなそうに表情をほころばせる。

「まあさ、猫なんだから、ミスの一つや二つは誰だってあるけどよ。こう何度もミスすんのはどうかと思うねぇ」

ぶち郎はそう言いながら、目だけをちらりと左へ動かした。

タマ次郎がその視線の先を追うと、そこにはいつの間にか席に戻ってきていた三毛男がいた。

ぶち郎の声は甲高く、彼が自分のことを話しているという事実に気が付かないはずがない。

それでも三毛男は何も聞こえないというふりをしているかのように顔をうつむかせ、パソコンと向き合っていた。

「おい……お前に言ってんだよ、三毛男!!」

ぶち郎が不意打ちのように三毛男の方へそう言い放った。

突然の大声に三毛男がびくっと身体を震わせる。

その反応があまりにも面白かったので、ぶち郎が愉快そうに笑い、タマ次郎もぶち郎につられるように笑ってしまう。

ぶち郎は下卑た笑い声をあげたまま自分の席へと戻っていった。

笑われた三毛男はというと、羞恥で耳を真っ赤に染めながらも、なおパソコンの画面をじっと凝視し、聞こえないふりをしているのだった。

それからも三毛男への嫌がらせは続き、心労によって三毛男はますますミスを繰り返すようになった。

最初は同情的な態度を見せていた数少ない社員も次第に愛想を尽かし、積極的に嫌がらせに関わることはないにせよ、三毛男に対するぶち郎の当てこすりや嘲笑も会社の日常として受け入れていった。

時折、三毛男はタマ次郎に対し、救いを求めるような挙動を取ることがあった。

しかし、プライドが邪魔をするのか、はっきりと助けてくれとは言わず、ぶち郎に絡まれている時にちらりとタマ次郎の方へ視線を向けてきたり、タマ次郎とお手洗いに席を立つタイミングを合わせたりするのだった。

初めは単に鬱陶しいとしか思っていなかったタマ次郎も、その透けて見えるプライドの高さと媚びるような態度に対し、徐々に苛立ちを募らせていった。

助けてと素直に言えば助けてやる。それなのに、あくまでこちらから手を差し伸べて欲しいというような甘えた姿勢をタマ次郎は良しとしなかった。

タマ次郎は次第に三毛男に対し、露骨に冷たい返答をしたり、三毛男の天敵であるぶち郎と絡むようになっていった。

事件が起きたのは、会社帰り、タマ次郎とぶち郎が二人して駅のホームで電車を待っていた時だった。

「おい、三毛男じゃねえか」

タマ次郎たちよりホームの奥側。隠れるように背を向けて立っていた三毛男をぶち郎は目ざとく見つけ、楽しいおもちゃを見つけたと言わんばかりの表情で声をかけた。

ぶち郎の言葉に三毛男の肩がびくっと震える。

両頰に生えたひげが雨に濡れたように垂れ下がっているのが遠目からでも見て取れた。

ぶち郎は大股で三毛男に近付き、丸まった背中を鮮やかなピンク色をした肉球でたたく。

「仕事は遅《おせ》えくせに、家に帰んのは早いんだな。終わってんな、お前」

ぶち郎の言葉に三毛男は耳を真っ赤にし、うつむいた。

身体全体は小刻みに震え、この恥辱に抗う気持ちを必死に鎮めようともがいている様子だった。

加虐心をそそられたぶち郎が意地悪げな笑みを浮かべ、タマ次郎の方へ視線をやる。悪だくみを思いついたのか、ぶち郎の真ん丸の瞳は暗闇で見る時と同じくらいに明るく輝いていた。

「ちょうどさ、タマ次郎から相談を受けてたんだよ。何だか最近、お前がしつこくって鬱陶しいんだってさ」

ぶち郎の言葉に、ハッと三毛男は顔をあげた。

その表情には、ぶち郎の言っていることへの驚きと、そんなはずがないという猜疑が表れていた。

三毛男は親猫の機嫌をうかがう子猫のような探りの目をタマ次郎に向けた。

「気が付いてなかったっていう方が驚きだったんだけどさ」

タマ次郎は一際大きなため息をつき、言葉を継いだ。

「お前、最近馴れ馴れしくてうざったいんだよ。いい加減にしろよ」

三毛男の顔が一瞬で蒼白になった。

電車の到着を告げるアナウンスに混じって、ぶち郎の甲高い笑い声がホームにこだまする。

これでもうこいつが馴れ馴れしくしてくることはないだろう。タマ次郎がそんなのんきなことを考えていたその時だった。

三毛男はわけのわからない奇声を発しながら、すぐ横にいたぶち郎に身体全体で体当たりをくらわした。

虚をつかれたぶち郎は大きくバランスを崩し、そのまま後ろに一歩、二歩のけぞり、ホームの向こう側へと消えていった。

事の顚末を見た他の乗客が悲鳴をあげる。

三毛男は自分のしでかした事の重大さにはっと我に返り、逃げるようにその場から走り去った。

ブーッと、他の誰かが押した緊急停止ボタンの音が轟く。

タマ次郎がはっと電車がやってくる方向へと目を向けると、数十メートル先で何とか停止した電車の姿が見えた。

ぶち郎は助かったらしい。

そうなると、後は三毛男だ。

タマ次郎はそう思い、三毛男が逃げた方向へ走り出す。

そしてすぐに、他の乗客によって取り押さえられた三毛男の姿を発見した。三毛男は地面に蹲り、両手で頭を抱え、彼を取り押さえた乗客の猫パンチの嵐から身を守っていた。

タマ次郎も怒りで顔を真っ赤にしながら三毛男に駆け寄り、謝罪の言葉を絞り出す三毛男に猫パンチ、猫キックをお見舞いした。

次第に三毛男の周囲に猫が集まり、さらにはホームから突き落とされたぶち郎も加わった。

電車の緊急停止を告げるアナウンスに混じって、三毛男のすすり泣く声がホームに響き渡った。

それからすぐに、三毛男は会社を辞めた。

タマ次郎とぶち郎は一連の出来事から社内の評判を一時的に落とす羽目になった。

そして、しばらくすると、誰も三毛男のことなど口にしなくなった。心の底に残された後ろめたさから、あるいはそんなことをする時間のもったいなさから。

あなたはこのようなお話を道徳的ではないと思うかもしれない。

しかし、猫社会とは得てして無情で、理不尽なものなのだ。人間社会とは違って。

いちごソーダ

「うち今日さ、山上《やまがみ》先輩から告白されたんだ」

いつもの帰り道。下校途中にある小さな駄菓子屋のベンチ。

克明《かつあき》は隣に座っている由香里《ゆかり》に顔を向けた。由香里はまるで何でもないことであるかのように、涼しい顔をして前を見ていた。

防波堤の奥に広がる群青色の海からは磯の香りを含んだ風が吹き込み、遠くの方では眠たそうなうみねこの鳴き声が聞こえていた。

「山上って……サッカー部二年の？」

「それ以外に山上って名前の奴がおると？」

克明は何も言えないまま、手に持っていたいちごソーダの瓶を手持ち無沙汰にくるくる回す。

透明なガラスの瓶に半分だけ残ったピンク色の炭酸ジュースは、昼下がりの明るい夏の日差しを浴びて一層鮮やかに映えていた。

由香里は何も言わない。沈黙が気まずくて一口だけ飲んだいちごソーダは、暑さにやられて生ぬるくなっていた。

「どうするつもりなん？」

克明は由香里の顔を見ないようにしながら尋ねる。

由香里はちらりと克明の方を見て、彼には聞こえないくらいの小さなため息をついた。

「告白、オーケーしちゃおっかなぁ～」

由香里はそう言うと、おもむろにベンチから立ち上がった。両手をあげて背筋を伸ばすと、身体のラインに沿って制服がピンと伸びる。

「優しかし、サッカー部のレギュラーやし、周りの女子の人気も高かし。美千穂《みちほ》とか香菜《かな》とか、みーんな格好よかって言っとるし。それに面と向かって好きだって言われっとは、やっぱ嬉しかもん」

由香里はそう言って克明の方を振り返る。

太陽を背にして立っている由香里の顔は逆光でよく見えない。強い日差しと対象的な暗い陰りの奥で、彼女がどのような表情を浮かべているか、克明には判別できなかった。

克明は返事をする代わりにもう一度手に持ったいちごソーダを一口飲む。甘ったるい液体が喉を通り、胃の中へ吸い込まれていく。

「いちごソーダ占いって知っとる?」

克明は長い沈黙の後でそう言った。

「何ね、いちごソーダ占いって」

「瓶の王冠を投げるだけの簡単な占いなんよ」

克明はベンチの端に置いていたいちごソーダの瓶の蓋を手にとり、それを親指の上に乗せる。

文句を言おうと口を開きかけた由香里を制し、克明は説明を行った。

「由香里の未来はこうなります。表が出たら、明日、由香里は山上の告白を受け、その後学校でも評判の美男美女カップルになるでしょう」

「じゃ、裏が出たら？」

由香里は不満げにその予言を聞きながらも、形式的に尋ねる。

「裏が出たら……」

克明は顔を伏せ、親指の上に乗った王冠に視線をやる。

生産元のロゴが書かれただけのシンプルな瓶の蓋が、克明の親指の上でかすかに揺れていた。

「裏が出たら、今日の帰り道、長い付き合いの幼馴染から『好きです。俺と付き合ってください』って告白されるでしょう」

克明は指先の瓶の蓋から、目の前に立つ由香里へと視線を移す。

強い海風に吹かれて由香里の長い髪の毛が揺れていた。

滅多に車の通らない目の前の国道を、一台の軽トラックが走り抜けていった。太陽は由香里の後ろで燦々と輝き、海面は真珠をばら撒いたように輝いていた。

「その占いはきちんと当たったとね？」

二人は見つめ合った後、同じタイミングで同じだけの微笑みを浮かべた。

「当たり前じゃ」

克明の親指が瓶の蓋をはじく。

瓶蓋は回転しながらきれいに宙に舞い上がり、夏の日差しを反射してキラリと瞬いた。


「暑か～」

玄関から由香里の声がし、リビングのドアが乱暴に開かれる。

ソファでくつろいでいた克明が振り返り、「おかえり」と返す。

冷蔵庫に冷たい飲み物があることを伝えると、由香里は手に持っていたバッグを床に放り出し、そのままキッチンへと直行する。

克明はソファから立ち上がり、ダイニングルームのテーブルへと移動する。

由香里は冷えた二本のいちごソーダの瓶を持って戻ってくる。二人は向かい合って椅子に座り、栓抜きで順に蓋を開けていく。

「占いをしちゃろか？　あの時みたいに」

由香里が茶化すように提案すると、小っ恥ずかしさから克明は苦笑いを浮かべる。

机に並んだ二つの瓶蓋の一つを手に持ち、由香里がぎこちなげに親指の上に乗せる。

「克明の未来はこうなります。表が出たら、今週末はいつもの休日と同じように家でだらだら過ごすことになるでしょう」

由香里が顔をあげ、何かを催促するかのように目配せをしてくる。

「裏が出たら？」

克明は無言の圧力に根負けし、尋ねた。

「裏が出たら、今週末、近所に新しくできた古民家カフェに私を連れて行くでしょう」

克明が呆れ顔になると、由香里は愉快そうに微笑んだ。

「胡散臭い。本当に当たっと？」

「うちの占いは、誰かさんの占いと違って、きちんと当たりますよーだ」

由香里の微笑みに克明は肩をすくめる。きっと裏が出ようと、表が出ようと、古民家カフェとやらに連れて行かれるのだろう。あの日のいちごソーダ占いと同じように。

由香里が瓶の蓋を親指で弾く。

王冠はあの日のようにきれいに宙に舞い上がった後、結婚式の写真が飾られた写真立ての縁にぶつかって転がっていった。

母親のカレー

物心がついた時にはもう父親はいなくて、狭いアパートで母親と二人暮らしでした。いつも母親は家にいなくて、幼い頃なんかはアパートの裏で一人で遊んだり、暗い部屋で一人で母親の帰りを待ってるってことが多かったですね。

もちろん寂しいっていう気持ちはありました。でも、子供のくせに女手一つで子供を育てるってことがとても大変だっていうのをきちんと理解してたんです。だから嫌いになるなんてことは一度だってなくて、いつだって俺は母親のことが大好きでした。

母親との思い出ですか？　ええ、もちろんありますよ。さっきお話しした通り母親は家を空けていることが多くて、基本食事はスーパーで買ってきた弁当だったり、冷凍食品だったんです。

でもですね、本当にたまになんですが、母親が家に帰ってきて、俺のためにカレーを作ってくれることがあったんです。

母親は普段から料理をしてなかったんで、味も見た目もひどいもんでしたよ。野菜の大きさはバラバラだし、市販のカレールーを使ってるっていうのに、変な味がする。その上、子供が食べるっていうのに、一口食べるだけで舌がピリピリしちゃう。

でもですね、母親と一緒にいられること自体が貴重でしたし、俺がカレーを食べている間、母親は俺のことをニコニコしながら見てるわけなんですよ。それが俺は嬉しくてですね、舌がピリピリするのだってお構いなしにおかわりを頼むんです。そしたら、母親は嬉しそうにカレーのおかわりを盛ってくれるんです。

たくさん食べてねって母親が言って、俺も笑顔を返すんです。変な味のするカレーで口の中はいっぱいだったけど、母親が俺のことを好きでいてくれてるんだなーって思うと、すごく満たされた気持ちになったんです。

で、ちょうど一ヶ月前。そんな大好きな母親が出かけ先で倒れて入院することになったんです。

ええ。ええ。そうです、俺がお金のために強盗殺人をしてしまった、ちょうどその日です。

電話がかかってきた時、俺は高校の悪友と街をほっつき歩いていたんです。母親が病院に運ばれたって聞いたもんだから、急いでダチの原付を借りて、病院に駆けつけたんです。

病室に入ったら、ベッドに寝ていた母親が俺をちらって見て、隣に置いてあった椅子に座るように言ったんです。言われた通り俺は椅子に座って、大丈夫か？　って尋ねたらですね、母親は単刀直入に自分が末期癌だって俺に伝えてきたんです。

あんまりにもさらっとすごいことを言われたから俺は言葉を失っちゃったんですけ

ど、母親はそんな俺をよそに、手術をすれば治るかもしれないけど、うちには手術代を払えるお金がないって呟いたんです。

俺と母親はそのまま病室で黙り込んじゃうわけですよ。黙っているうちに頭が整理されてきて、このままだと母親は死んじゃうんだってことを少しずつ理解し始めたんです。

大好きな母親ですから、死なんて簡単に受け入れられるわけがない。手術をしたら治るかもしれないってお医者さんが言ってるなら、お金さえ用意すれば何とかなるのかもしれない。

でも、俺みたいな普通の高校生が、そんな大金をすぐに用意できるわけないですよね。母親を助けるためにはどうしたらいいんだろうって、俺は病室ですごく悩んだんです。

でも、母親のために何かをしたいって気持ちだけは強かったんです。同時に、母親との思い出が走馬灯みたいに頭の中を駆け抜けて、気付いたら俺、子供の頃によく作ってもらってたカレーのことを話し始めていたんです。

自分のためにカレーを作ってくれたことがとても嬉しかったことと、変な味がしたけど自分にとってはあれがお袋の味なんだって、俺は母親に伝えたんです。

で、ふと、俺が小学校を卒業した辺りからぱったりと作ってくれなくなったよね、どうして？　って、俺は聞いたんですよ。そしたら母親は、もう意味がなくなったからって言ったんです。

母親が変なこと言うから、どういうことだよって聞くじゃないですか？　そしたらですね、俺に作ってたカレーには毒を入れてたんだって教えてくれたんです。

その当時、母親には子持ちであることを黙ったまま付き合ってる彼氏がいたんですって。母親はその彼氏とどうしても結婚したかったんですけど、俺の存在が邪魔で邪魔で、死んでくれないかなーってずっと思ってたそうなんです。

だから、こっそりと少量の毒を入れて食べさせ続けていたら、いつか病気で死んでくれるかもしれないって思いついて、毒入りカレーを俺に食べさせてたんですって。

でも、彼氏とは俺が小学校を卒業するあたりで別れちゃったから、それ以降はカレーを作るのもやめてしまったってことなんですね。

そんな話をし終わった後にですね、母親は俺の方を向いて、私のことまだ好きだよね？　って聞いてきたんです。まだ大好きだよって俺が答えたら、母親は手術代をどこかから調達してきてって言ってきました。

どうやって？　って俺が聞くと、母親はいくつか住所を教えてくれて、ここらへんに住んでる人はお金を持ってるらしいから、どこか適当な家に入って空き巣でもしてきなさいって言ったんです。

それって犯罪じゃないかなって俺は一応確認したんですけど、仕方ないでしょって母親は言いましたよ。それから、私のために犯罪者になってくれる？　って母親が言うもんだから、俺はありがとうって言って、母親から教えてもらった住所に向かいました。

え？　いや、そりゃそうですよ。大好きな母親のために何かをさせてもらえるんですよ？　これ以上幸せなことなんてありませんよ。

そこからは刑事さんもご存じの通りです。護身用に包丁を持って家に忍び込んで、タイミング悪く鉢合わせしちゃった家の人——若い母親と幼い子供を殺したんです。

二人とも包丁で殺した後で家からお金を盗んで、そのお金で母親は手術を受けることができたんです。まあでも、手術後に肺への転移が見つかったから、もうどうしようもないんですけどね。

これが一応僕なりの経緯なんですけど、刑事さんは納得できました？

いやいや、嘘なんてついてないですよ。だってほら、誰もいない倉庫で、こうして椅子に縛り付けられてるんですよ？　こんな状態で嘘なんてつけるわけないじゃないですか。

でも、刑事さんも変わってますよね。証拠だってあるんだから逮捕しようと思えばできるのに、復讐のためにこんなことをするんですから。自分の妻と子供が殺されたからとはいえ、テレビドラマみたいで驚いちゃいましたよ。

殺された二人のことは、可哀想だとは思ってますよ。でも、可哀想な人間なんてこの世界には数えきれないくらいいますし、何なら俺だってその一人ですよ。

どれだけ母親のことが大好きでも、母親は俺のことをずっと殺したいって思ってた。客観的に見ても、十分に可哀想な人間だと思いませんか？

思い残すことですか？　特にないですね。母親が元気だったら、こんなところで死にたくないって思ったかもしれませんが、もう母親も長くはないですしね。

さっさと撃って終わりにしてくださいよ？　ほら、遠くからパトカーの音が聞こえてくるのは刑事さんも気が付いてますよね？　多分、刑事さんと俺を探してるんだと思いますよ。

いいえ、別に怖くはないですけど、痛いのは好きじゃないので、さっさと殺してくれたら助かります。うん、そうですね、最後の最後に怖気付いちゃうのもダメですから、そうやって顔を背けて、耳栓をして、それから引き金を引いた方がいいです。

ああ、大丈夫ですよ。別に生き延びたいとも思ってませんから、助かろうなんて思ってないです。心配しないで、そのまま引き金を引いちゃってください。あ、そっか。もう耳栓をしてるから聞こえないんですね。

あ、でも最後にひとつだけ。さっきの質問に戻っちゃうんですけど……思い残したことがありました。

これは俺のただの願望にすぎないんですけど、一度でいいから毒が入っていない母親のカレーを食べてみたかったですね。あの狭いアパートで向かい合わせに座って、俺が母親が作ったカレーを食べて、それを母親が嬉しそうに笑って――――。

あなたの前世はみりんです

『あなたは前世の記憶を信じますか？』

友達に勧められてやってきた前世診断所の待合室には、こんなキャッチコピーが書かれたポスターが貼られていた。

友達に勧められ、冷やかし半分に来ただけで、別に前世の記憶なんて信じてないしな。

ラックに入れられた胡散臭い雑誌をパラパラとめくりながら、私はそんな感想を抱く。

しばらくして、自分の名前が呼ばれる。私は立ち上がり、紫色の分厚いカーテンで区切られた部屋の中へ入っていく。

部屋は六畳くらいで、真ん中には大きな水晶玉が置かれたテーブルが置いてある。

そして、テーブルの向こう側にはござっぱりとした服装の中年女性が座っていて、部屋に入ってきた私に軽く会釈をした。

「友達に勧められて来ただけなんですが……本当に前世がわかるんですか？」

一通り料金の説明を聞いた後で、私はずっと胸に抱えていた疑問をぶつけてみる。

私の質問に対し、前世診断士と名乗った女性はにこにこと品よく微笑みながら「ええ、本当ですよ」と答えてくれる。

「私は特殊な修行を積んでいて、人の前世を診断することができるんです。でもですね、その結果をもとに何か胡散臭い壺を売りつけたりということはありません。何なら、私がこうですと言ったことを全部信じていただかなくても大丈夫です」

「えっと、どういうことですか？」

　診断士が丁寧な口調で言葉を続ける。

「前世と今のあなたの間には深い結びつきが存在しています。前世の記憶や特性が、あなたの性格の一部を形作っているのです。たとえば、前世が冒険家だった人が、現世では精力的なベンチャー企業の社長だったりする、そんな感じです。あなたがこういう性格なのは、前世がこういう人だったからという理由づけをする。逆に、前世がこういう人だったのであれば、今まで気が付かなかっただけで今のあなたにはこんな素質が眠っているのかもしれない。前世を知ることで今の自分を知る手がかりになるのです。私の言っていることが正しいかどうかは別にして、この診断がそういったことを考えるきっかけになればと思います」

　なるほどと私は相槌を打つ。

　もっと胡散臭い人だと勝手に警戒していたけれど、彼女の説明にはすごく好感を持てた。

私の納得した表情を見て、彼女がもう一度にこりと微笑む。

「それでは早速岡本《おかもと》様の前世を診断してみますね」

診断士はそう言うと、ぎゅっと目を瞑り、目の前の水晶玉に手をかざした。

その状態のまま数分間沈黙が続き、それから診断士はそっと目を開けた。しかし、彼女の自信ありげな表情はなくなっていて、代わりにどこか困惑した表情が浮かんでいた。

「どうでした？」

私が恐る恐る尋ねてみると、診断士はう－んと顎に手を置き、深く考え込む。

「申し訳ありません。私の実力不足のせいもあるんですが、なかなかすんなりとイメージが浮かび上がって来ませんね……」

「イメージですか？」

「はい。よくある前世の場合だと、すぐにイメージが浮かんでくるんです。たとえば登山家だったら山に登っている人の姿だったり、武士だったら屋敷の中で袴姿で座っている姿とか、そんなイメージです。なのですが、岡本様の場合、そうしたイメージが浮かび上がってこないんです。何というかその、半透明の薄い金色のイメージが広がるだけで、具体的な形が湧いてこないんですよね……。ひょっとしたら、今まであまり診断したことのないような珍しい前世なのかもしれません」

はあ。そういう風に前世が見えるのかと意外に思いつつも、診断士がとりあえず適当な職業を言っているわけではないということを知り、少しだけ驚いた。

同時に、自分の前世がひょっとするとすごく珍しいものなのかもしれないと言われ、ちょっとだけ興味が湧いてくる。

「うーん。仕方ないですね。ちょっと今の岡本様の性格とかご職業からヒントをもらう形にして大丈夫ですか？　さきほどご説明したように、前世と現世は深く結びついているので、今の岡本様から前世を推測するみたいなこともできるんです」

「わかりました。とりあえず何を話せば良いんですか？」

「そうですね……。たとえば、人にはあまり理解されないようなこだわりとかってありませんか？　そういうのって、生まれや育ちとは別に、前世の記憶が影響してたりするんです」

診断士の質問に対し、私は自分のこだわりについて考えてみる。

自分はどこにでもいる普通の成人女性だと思うし、変な癖と言われても心当たりはない。

それでも、根気強く友達と遊んだ時や子供の頃の記憶を遡ってみると、普段は意識していない自分のこだわりに気が付いた。

「珍しいことでもないとは思うんですが、私すごく舌が敏感で、特に和食の繊細な味の違いがめちゃくちゃわかるんです。なので、食事も洋食よりも和食が多いですし、自炊する時なんかも調味料にはめちゃくちゃこだわってるんです」

「いいですね！　そういう情報はありがたいです。なるほど、繊細な味の違いがわかって、そして和食好きなんですね。となると……」

「となると？」

「前世も日本人だったという可能性が高いですし、料理人だったとかそういう可能性がありますね。いや、料理人だったら以前にも見たことがあるんで、パッと出てくるはずですね。それとは別の特殊なご職業なのかも。とりあえず、もう一回見てみますね」

そう言って診断士が再び水晶玉に手をかざす。初めはそこまで乗り気ではなかった私も、だんだん気分が乗ってきた。

早く自分の前世を知りたい。そんな焦ったい気持ちのまま診断士の言葉を待ち続ける。

しばらくすると診断士が眉間に皺を浮かべながら、もごもごと独り言を呟き始める。

「さっきよりも見えてきました。流し台に調理器具が見えます。これは……調理場ですね。ですが、人の姿はない……？」

診断士が再び目を開ける。額に浮かんだ汗を拭いながら、「少しは近付けたような気がしますが、まだまだ決め手に欠けますね」と無念そうな表情で答えてくれる。

「これまで何百人もの人の前世を診断してきたんですが、こんなに苦労するのは岡本様が初めてです。ひょっとすると、本当にとんでもない前世なのかもしれないですよ。私もちょっと興奮してきました」

診断士からそう言われて私は思わず照れてしまう。

今の自分を褒められたわけでもないのに、まるで自分自身が特別な存在であるかのような心地よさを感じる。

「一番の謎は具体的な姿が見えないことですね。どこかに隠れてるんですかね……。岡本様は性格的に大人しいんですか？」

「そうですね、大人しめだと思います。あんまり自分を主張したりはせずに、みんなをまとめたりして裏から支えるのが好きです。影は薄いのですごく必要とされることはないんですが、いないといないで困るんだよねってよく友達から言われます」

「うーん、難しいですね」

「あの、さっきから気になってたんですが、この水晶玉に手をかざしたら前世が見えるんですよね？　これってやっぱり厳しい修行が必要なんですか？」

雑談混じりの質問に診断士が顔をあげる。

才能は必要ですが、できる人はできちゃいますよとあっけらかんとした口調で応える。

「他人の前世を見るのはかなり大変なんですが、それと比べれば自分の前世を見るのは簡単です。素質がある人であればすぐにできる人もいるんですよ。そうですね、岡本様もダメもとでやってみますか？」

少しだけ迷いつつも、私は頷く。

診断士に両手を握られ、引っ張られるまま自分の手を水晶玉の真上に持っていく。

雑念をなくして、自分の呼吸に集中してください。一瞬で息を吸って、時間をかけて息を吐き出してください。

診断士に言われる通り、私は雑念を振り払って、自分の呼吸に集中した。

しばらくすると、私は深い瞑想状態に入っていき、そのまま浮遊感に包まれていくのがわかった。

自分の意識が空間の中に溶け出していき、自我というものが薄れていく。ふと意識の遠くから何かがやってくるような気配がした。その何かはゆっくりと、そして私を包み込むようにして私の方へと近付いてくる。

そして、私の意識が透明な薄い金色の背景に包まれたその瞬間、私の口から言葉が漏れる。

「……み」

「み？」

その瞬間、個室の外から物音が聞こえてきて、私は我に返る。目の前には診断士の顔があって、彼女がもう一度「み？」って何ですか？　と尋ねてくる。

「ごめんなさい。何か、その言葉だけが浮かんだんですが、その瞬間我に返っちゃって」

「いえいえ、最初でここまでできる人はなかなかいませんよ。素質がありますね。でも、『み』って何でしょう」

「頭文字ですかね。でも、『み』から始まる職業とかって思い浮かばないし」

「あ！　そういえば、岡本様が前世を見るにあたって、何かイメージみたいなものが見えませんでした？」

「うーん、何も見えませんでした。ただ、透明で薄い金色のぼやーっとしたものがあたりに広がってるってだけでした」

私の答えに診断士が真剣な表情で考え込む。長い沈黙が流れた後で、彼女がぽつりと呟く。

「ひょっとして……人間じゃない？」

診断士が何かを閃いたのか、再び水晶玉に手をかざし、強く目を瞑った。

その姿に私も何かを察して、思わず唾を飲み込んだ。興奮で呼吸が浅くなり、心なしか部屋全体の温度が上がっているかのように思える。

しばらくしてゆっくりと診断士が目を開ける。しかし、彼女の表情は晴れやかではなく、思い詰めたような深刻な表情だった。

「やっぱりわからなかったんですか」

恐る恐る尋ねると、彼女は躊躇いつつも、わかりましたと返事を返す。

「最初にもお話ししましたが、一番大事なことは前世を知るということではなくて、今の自分について考えるきっかけを得るということなんです。このことはきちんと頭に入れておいてください」

診断士の窘めるような言葉に頷きながら、私は彼女の真意を感じ取った。

きっと大した前世ではなかったのだ。小さくため息をつき、肩を落とす。

しかし、落ち込むということはなかった。

十分楽しませてもらったし、前世を当てるためとはいえ、自分のことを真剣に考えることができたのだから。

「お気遣いありがとうございます。でも、大丈夫ですよ。前世がミミズだろうとミドリガメだろうと、私は私ですから。生をまっとうして、そして今の自分に生まれ変わったのであれば、それだけで素敵なことですもん。さ、早く教えてください」

診断士がおずおずと頷く。

自分の言葉に嘘偽りはない。大事なのは前世じゃなくて、今の自分なのだから。

私は優しく微笑んで、彼女の言葉を待つ。

やがて診断士は、小さく咳払いをした後で、ゆっくりと口を開いた。

「怒らないで、聞いてくださいね。岡本様……あなたの前世はみりんです」

喋る鳥

その日はまさに凍えるような一日だった。

河の水は凍り、風は吹雪き、人々を寒さで震えさせた。

口から洩れる吐息は白く、外気に触れている鼻先はバラのように赤く染まった。

人の高さまで積もった雪は道の横に寄せられ、絶壁のようにそそり立っていた。

外灯の光がその雪の壁の照り返しで、星が霞むほどの明るさになっていた。

青年は厚い灰色のダウンを着こみ、身を縮こまらせながら夜道を歩いていた。

仕事場から家まで歩いて二十分ほどの道。毎日行きかう道。見慣れた道。

しかし、その日、青年は道の途中で、奇妙な色彩の氷塊が道端に転がっていることに気が付いた。

青年は一刻も早く家に帰りたかった。だから最初は無視しようとも考えた。

しかし、不思議と妙にそれが気にかかり、結局その物体に歩み寄っていった。

青年が腰をかがめてよくよく観察してみると、それはカチコチに固まったセキセイインコだった。

インコは鮮やかな黄色をしており、表面はうっすらと氷に覆われ、まるでゼラチンで固められた和菓子のようだった。

青年は手袋をしたままインコを拾い上げる。

すると、インコは氷の中で目を開き、じっと青年を見つめた。

青年は驚きのあまり思わず声をあげる。

氷点下の外でこうして放置され、氷漬けになっているのだ。インコが生きている可能性は万に一つもなかった。

それでも青年はその氷漬けになったインコをダウンのポケットに優しく入れた。万に一つの可能性を信じて、青年は帰路を急いだ。

家に着いた青年はすぐさま家の暖房をフル稼働させ、ダウンのポケットからインコを取り出し、厚手のタオルでそっと包み込んだ。

そして、青年は服の中に冷たいインコを入れ、自分の体温で何とか氷を溶かそうと試みた。

あまりに高い温度に急に触れさせると、中のインコごと氷が割れてしまうかもしれないので、ゆっくりと時間をかけて温めるしかないと思った。

青年は二、三時間そのままの状態で過ごした。まるで、卵を温める親鳥のようだと、青年は思った。

明日も朝早くから仕事があるのになんでこんなことをしているのか。インコと目が合ったのも自分の見間違いだったかもしれないのに。

いろんなことを考えながら、それでも青年はインコを自分の体温で温め続けた。

そして、あまりの眠さにこっくりと舟をこいでいた青年は、ふと自分の腹のあたりでもぞもぞと何かが動く気配を感じた。

寝ぼけていた青年は最初それが何なのかわからなかった。

しかし、夜の出来事を思い出し、まさかと思いながら、青年は人肌ほどに温まったタオルを服の中から取り出した。恐る恐る中を開く。

すると、そこにはしっとりと濡れながらも、わずかに身をよじらすインコの姿があった。

明るい照明の下にさらされたインコは、初めて青年と出会った時と同じように、力なく首を動かし、青年を見つめた。

その瞳には弱々しくも、はっきりと生命の息吹が感じられた。

青年は氷漬けになりながらも命の灯を絶やさなかったインコに心打たれた。

すぐさま乾いたタオルで身体の水を拭き取ってやり、パンくず、水を与えた。

バスケットに新聞紙やら何やらを詰め、寝床を作った。そして、インコをそのお手製の巣に寝かしつけたところで、出勤の時刻が近付いていることに気が付く。

後ろ髪をひかれながらも、慌てて支度をし、青年は家を出る。

帰り道にあるペットショップで、餌やら鳥かごやらを買わなければならないな。青年はどこか敬虔な気持ちを覚えながら、そう考えた。


インコが突然、喋り出したのは、奇跡的な救命から一ヶ月後のことだった。

「いったい何を作ってるの？」

それは透き通るような女性の声だった。

狭い台所で野菜を切っていた青年は肩をびくっと震わせながら顔をあげる。

自分を除けば誰もいない部屋で、そのように声をかけられることなどありえなかったからだ。

青年はあたりを見渡したが、もちろん人っ子一人いない。部屋には自分と、一ヶ月前から不思議な縁で飼い続けているインコしかいなかった。

「ねえ、何を作ってるの？」

その声ははっきりとインコがいる場所から発せられていた。

青年はインコに近付き、鳥かごに手をかける。

艶やかな毛並みを持ったインコは、くちばしで自分の身体を掻いていた。鳥かごの外から自分をじっと見つめる青年に気が付くと、不思議そうに青年の方を見つめ返す。

空耳か。青年がそう思った瞬間、インコはくちばしを上下に開き、声を発した。

「何を作ってるの?」

今度こそはっきりとインコが喋っているのだとわかった。

青年は相当驚いた。インコが喋るというのは聞いたことがあったものの、ここまではきはきと、それも人のように喋るとは思ってもみなかったからだ。

しかし、青年は不気味がるよりはむしろ、面白がった。

鳥かごの中からインコを出してやり、自分の指に留《と》まらせた。こうしてやると、インコは上機嫌になるからだった。

「お昼ご飯を作っていたんだ」

青年はインコに語りかけた。インコは青年を見つめながら、小首をかしげた。

「お昼ご飯って私が食べているものと同じようなものかしら?」

「そうだね。でも、人間の場合はもっと手がかかるんだよ」

青年は狐につままれたような気持ちのまま、頭を撫でてあげると、インコは嬉しそうに目を細めた。それから青年は優しくインコを鳥かごに戻し、料理に戻った。スパゲティの麺を茹で、余った野菜を火で炒め、簡単なペペロンチーノを作る。それから青年は出来上がった料理と、インコの鳥かごを座卓の上に置いた。そして、湯気がたった食べ物をインコが不思議そうに見つめる中、青年は料理を口に運ぶ。いつも一人で食べていたはずの昼食は、いつもよりも優しい味がするような気がした。

それからというもの、青年とインコは毎日のようにお喋りをするようになった。インコは青年の良き話し相手となった。また、青年もインコの良き理解者となった。青年が自分のことを話すのと同じように、インコもまた自分の素朴な疑問や考えを青年に語った。

次第に、お互いがお互いにとってかけがえのない存在になっていった。

そうやって楽しい日々を過ごしていたある日のことだった。

青年がいつものように趣味の料理を作っていると、鳥かごの中でインコがバタバタと暴れ出す音が聞こえた。いつもは大人しいインコの行動に驚いた青年は、流しの下から取り出したフライパンを持ったまま、慌てて鳥かごに近付き、扉を開けてあげた。

勢いよく鳥かごから飛び出たインコは青年の肩に飛び乗った後、急に青年の耳たぶをひと噛みした。

青年は痛みで声をあげる。非難するような目でインコを睨み付けると、インコは少女のような快活な笑い声をあげた後、パッと飛び上がり、開いていた窓から家の外へと出ていってしまった。

青年は初め、状況が飲み込めなかった。

やがてインコが逃げ出したという事実を理解すると、着の身着のまま、慌てて外へと飛び出した。

インコが飛んでいった方へと青年は力の限り走り続けた。

しかし、インコの姿はいつまでたっても見えてこない。

それでも青年は走り続けた。それだけインコは青年にとってかけがえのない存在になっていた。

三十分以上、走り続けただろうか。さすがに体力の限界を感じ、足を止めた。息が切れ、冬だというのに、汗は滝のように流れた。

もう見つからないのかもしれない。

諦めようとしたその時、ふと何気なしに顔をあげて空を見渡すと、視界の隅に、見慣れた明るい黄色のインコの姿が映った。

青年は歓喜の声をあげた。疲れは吹き飛び、青年はインコがいる方向へと再び走り出した。

インコは空中を優雅に旋回したのち、ゆっくりと青年の方へと下降してくる。ビルの陰にインコの姿が隠れると、青年は不安になって、足を速めた。ビルとビルとの間を抜け、インコが下降していく方へ走り続けると、近所ではよく知られた自然公園へと行きついた。

たしかにインコはこちらへ向かった。確信を持ちながら、青年は公園内へと入り、周囲を見渡す。

すると、入口から少し離れたところに置かれたベンチに、探し求めていたインコがいた。インコはベンチに座る女性の肩に留まり、自分の身体をいつものように毛づくろいしていた。

青年は安堵のため息をつき、ベンチへと近付いていく。

すると、女性が青年に気が付き、青年の方へと振り向いた。

「どうしたんですか、フライパンを持ったままで」

青年は最初インコが話しかけてきたのだと思った。なぜなら、それは青年が聞きなれた声だったからだ。

しかし、青年に喋りかけたのは、ベンチに座っていた女性だった。混乱し、固まった青年を女性は不思議そうに見つめている。

青年はやっとのことで気持ちを落ち着かせ、女性に返事をした。

そして、女性と青年はたどたどしく、しかしながらなぜか気持ちが通じ合っているかのように会話を始めた。

青年は彼女と初めて出会ったとは到底思えなかった。それだけ、女性の声、声の調子、笑い方、すべてがインコのそれと同じだったからだ。

何より不思議なことに、女性もまた同じく、初めて会ったと思えないほどに、青年に対して親しみを感じていた。

二人は時間を忘れて話し続けた。女性の肩に留まったインコはそんな幸せそうな二人を見つめながら、嬉しそうに目を細めていた。

哲学する檸檬

うーたんはね、いつもママから棒で身体を叩かれてるし、学校のみんなから腕とかお顔をつねられたりしてるよ。でもねでもね、難しい哲学のご本とか読んでるとね、そんなこともあんまり気にならなくなるの。

うーたんは哲学をしてるのです。学校のみんなが楽しそうにおしゃべりをしたり、放課後にカラオケでお歌を歌っている横で、うーたんは図書館で借りてきた難しい哲学のご本を読んで、いろんなことを考えるの。

うーたんは難しい言葉も知ってるし、昔のヨーロッパにいたすごい人たちの名前も知ってるよ。でもね、学校のみんなはうーたんがそんなに頭が良いことは知らないのです。

うーたんは数を数えるのが得意じゃないし、みんなに見られてるとうまく言葉が出てこないの。だから、いじわるな先生がうーたんに答えられないような問題を当てたり、教科書を読むように言ったらね、うーたんはお洋服の袖をぎゅっと握って下を向くの。

先生が怒りながらうーたんの名前を呼んでも、周りのみんながクスクスって笑ってても、うーたんは何も聞こえないふりをして、ずーっと下を向くのです。

で、先生が呆れながらうーたんの後ろの子を代わりに当てたら、その子はうーたんにも聞こえる声で舌打ちをしてから、うーたんが座ってる椅子を後ろから思いっきり蹴るの。

悪いのはうーたんだから、うーたんはすぐにごめんなさいって言います。それからうーたんは心の中で、うーたんが知ってる哲学者の名前を一人ずつ挙げていくの。でもね、うーたんがそんなに哲学者を知ってることを、周りにいる人は誰も知らないのです。

うーたんのママはね、お酒が大好きなのです。ママはパパよりもお酒が好きだったからね、パパはうーたんが小さい頃にうーたんの幼稚園の先生だったまりちゃん先生と違うお家に住むようになったの。

まりちゃん先生は優しい先生だったよ。うーたんがママから叩かれてお顔にあざができた時もね、一番最初に大丈夫って声をかけてくれて、うーたんの痛いところを何度も何度もさすってくれたの。

パパがまりちゃん先生と暮らすようになった時ね、パパとまりちゃん先生がうーたんも一緒に暮らそうって言ってくれるかもって思ったの。でもね、その時にはもうまりちゃん先生のお腹には赤ちゃんがいたから、うーたんがパパとまりちゃん先生と一緒に暮らすのは無理なんだって、パパはうーたんにそう言ったんだ。

この前パパと久しぶりにファミレスで会った時ね、パパとまりちゃん先生の二人目の子供も一緒に会いにきてくれたの。その子はよーたんっていうの。よーたんは五歳くらいで、きちんとアイロンがけされたかわいいポロシャツを着てた。

うーたんはその日、襟元がよれよれになったTシャツを着て、三日間ずっと替えてない下着を穿いていたから、綺麗な格好をしたよーたんを前にしてすっごく恥ずかしかったのです。

パパがうーたんの格好を見て眉を顰めて、ママからお洋服を買ってもらってないの？　って聞いたの。養育費は毎月渡してるってパパが言うから、それはママがお酒を買うお金に使ってるよって教えてあげたの。

「全く……困ったもんだね」

パパがふぅってため息をついたタイミングで、よーたんが机の上のお水を倒しちゃった。

パパはあーあーって言いながら店員さんを呼んで、よーたんと一緒にこぼれたお水を拭き始めたの。もしうーたんがママとファミレスに来ていて、同じことをうーたんがしたら、何度も何度も頭を引っ叩かれちゃうから、羨ましいなぁってうーたんは思ったよ。

お水をこぼしても怒られないよーたんをずっと見てたらね、うーたんの胸の中でもやもやした気持ちがどんどんこみ上げてきてね、気が付いたら身を乗り出して、よーたんの髪の毛を右手でぐっとつかんでたの。

でね、それから思いっきり髪の毛を引っ張ったら、ぶちぶちってすごい音がして、よーたんがすごい大声で泣き出したの。そしたらパパが見たことないくらいに顔を真っ赤にして、何してんだっ!!　って怒鳴りながら、うーたんの頰を思いっきり引っ叩いたの。

それがとっても痛かったからうーたんもわって泣き出しちゃったの。ファミレスの隅っこの席でうーたんとよーたんがわんわん泣いて、だけど、もちろんパパはよーたんだけよしよしって頭を撫でてる。うーたんもすっごく痛かったけど、誰もうーたんに大丈夫って声をかけてくれなかったよ。

パパは財布から一万円札を取り出してそれをバンって机の上に置いて、そのままよーたんと一緒にお店を出ていったの。うーたんはその後もずっと泣いてたけど、引っこ抜いたよーたんの髪の毛だけはぎゅーっと握りしめてた。

うーたんは哲学をします。哲学をしている時は、嫌なことを忘れられるからです。

でね、いつも行ってる図書館でね、最近すごい賞を取ったっていう若い大学の先生の講演会があったの。うーたんはね、みんなよりも哲学について詳しいから、わくわくしながらそれを聴きに行ったの。

会場にいたのはうーたんよりもずっと年上の人ばかりで、うーたんと同い年の子たちがいなかったのが、うーたんは誇らしかったです。

うーたんは隅っこの席に座ってね、大学の先生のお話をじっと聴いたの。うーたんはね、みんなよりもたくさん難しいご本を読んでるから、きっとその人の話がわかるって思ってたの。

でもね、その人の話はすっごく難しくて、うーたんにはちんぷんかんぷんだった。先生はうーたんが読んでるよりもたくさんご本を読んでてね、うーたんの知らない言葉をたくさん知っててね、うーたんよりもずっと難しいことを考えてた。

講演会の途中でね、その人へのインタビューがあったの。どうして哲学を学び始めたのかって質問にね、その人は大学で働いている両親の影響だって話してたの。

うーたんと同い年くらいで哲学の本を読み始めて、有名な論文の大会で最年少で優秀賞をもらった時に両親からすごく褒められて嬉しかったこととか、大学で知り合った友人と議論を交わした時間がとても貴重だったって、目をきらきらさせながらお話ししてたよ。

うーたんはそれを聞きながらね、すっごく悲しい気持ちになったのです。その人はうーたんよりもずっと頭が良くて、うーたんの知らないことをたくさん知ってて、だけど、うーたんよりもずっと幸せそうだったから。うーたんとは違って優しいパパとママがいて、友達だってたくさんいて、いじわるされたりもしない。

講演会が終わったら、いろんな人がその先生に話しかけてたんだけど、先生はうーたんみたいにビクビクしないでたくさんの人と楽しそうにお話ししてるの。

そんな先生を端っこの席でずっと見てたらね、うーたんはすっごく気持ち悪くなって、走ってトイレに駆け込んで吐いちゃった。お昼に食べた食パンの耳が黄色い胃液でドロドロになっていて、水に流しても流してもずっとそこにあるような気持ちがしたよ。うーたんはそれがまた気持ち悪くてね、自分の喉に手を突っ込んで、もう一度吐くことにしたの。

図書館から帰ったらママはいつものようにキッチンでお酒を飲んでてね、講演会は楽しかった?　って聞くの。うーたんはママを怒らせないように、頑張って笑顔を作って、大丈夫だよって言うの。

だけど、ママはヘラヘラしててんじゃないよって怒鳴って、中身が入ったままのビール缶をうーたんの頭に投げつけたよ。悪いのはヘラヘラしてるうーたんだから、うーたんはママにごめんなさいして、それからお部屋に戻るのです。

『自分の人生を果物にたとえると何ですか』

偶然開いた本の一ページにね、そんな言葉が書かれてたの。

一生懸命考えてみたんだけど、うーたんはうーたんの人生を檸檬みたいだなって思ったよ。辛いこととか楽しいことをたくさん経験することを酸いも甘いも嚙み分けるって言うんだけどね、うーたんのこれまでの人生はずーっと酸っぱいことしかなかったから。

うーたんは難しいご本を読んで哲学をします。多分これからもうーたんの人生は酸っぱいことだらけだと思うけど、哲学をしているとそんなことも気にならないのです。

隣の部屋から、お酒を切らしたママが赤ちゃんみたいに泣いてるのが聞こえます。ママが悲しそうにしているとうーたんの胸がすごくざわざわして、うーたんも泣いてしまいそうになります。そんな時、うーたんは心の中で、うーたんが知ってる哲学者の名前を一人ずつ挙げていくよ。

でもね、ママも学校の先生もみんなも、誰も知らないのです。うーたんがそんなに哲学者を知ってることも。うーたんが毎日哲学しているということも。

プリーズ・イート・ミー

女性の一人暮らしにしては若干広めかなと思う1LDKの部屋も、大きな虎を一匹飼うと途端に手狭になってしまう。

数ヶ月前までは逆に居心地悪ささえ感じていた部屋をぐるりと見渡し、もっと広い部屋に引っ越した方がいいのかもと私は考える。今度は駅からちょっと離れた場所を探すと良いかもしれない。今と同じ家賃でもっと広い部屋を見つけられると思うし、何より駅近だと人通りが多くて、今みたいに虎を連れて散歩するだけでちょっとした人だかりができてしまう。

一方、部屋を狭くしている当の本人である虎次郎《こじろう》はというと、部屋の端っこに置かれた座布団の上に丸まって座っていた。赤みの強い黄色とくすんだ黒色でできた縞模様の毛並みは照明に照らされて艶が出ていて、買ってきたばかりの新品のカーペットを思い起こさせる。虎次郎は床を傷付けないように爪を引っ込め、眠たげにゆっくりと瞬きをしている。そして、時折思い出したように顔をあげては、真っ裸で部屋を歩き回っている私の姿を見て、気まずそうに視線を逸らすのだった。

私はそんな虎次郎を見ながら、大きな大きなため息をつく。

「あのねぇ、なんで私が道端に捨てられていたあなたをこの家で飼い始めたと思ってるの?」

何回口にしたかわからないそのセリフにも、虎次郎はただばつの悪そうな表情を浮かべるだけ。私は姿見の前に立ち、そこに映る自分の身体を確認した。手入れされた肌は白く、張りがある。痩せすぎだから、肉付きがいいかと言われると微妙だが、脂身だらけの人間よりかはきっと美味しいはず。

私は虎次郎へ半歩近付き、耳をつかんで、もう一度同じ質問をする。虎次郎は私の顔を見上げ、それから口元から生えた白い髭をだらりと垂らしながら情けなく答える。

「……春奈《はるな》さんは、私に自分自身を食べてもらいたいから、私を飼ってくれたんですよね？」

それから虎次郎は自分で自分の言葉に、身体全体をぶるぶると震わせた。人間の鳥肌のように毛並みが逆立ち、彼は右の前脚で胸の下あたりを器用に撫でた。

「わかってるんなら、なんでさっさと食べてくんないわけ？　こうして食べやすいように服だって脱いでるのにさ」

「そんなこと言われたって、無理なものは無理ですよ！」

「引き取り手がいなくなったあんたを拾ってくれた恩を返したいって思う気持ちはないの？」

私がさらに追及すると、虎次郎は「ああ、もう！」と悲痛の表情を浮かべる。そして、大きな喉を鳴らしながら、虎次郎が私に向かって叫ぶ。

「だから、無理なんです！　虎は虎でも……私は菜食主義の虎なんです！　生きてる動物の肉を食べるなんて、考えただけでおぞましい！」


死ぬ時は虎に食べられて死のう。

お釈迦様が飢えた虎の親子のために身を投げ出し、彼らに食べられてしまう。小学生の頃、とある漫画のワンシーンに衝撃を受けた私は、その日からそんな信念を抱くようになった。

なんで？　と言われたら正直うまく答えられないし、当時も今も自分の命を誰かのために捧げる人の気持ちはよくわからない。そこに理由なんていらない。ただ私がそうやって死にたいと思うだけで十分だった。

そんな私だからこそ虎次郎と出会うことができ、今こうして一緒に暮らすことができている。

あの日、いつものように残業で帰りが遅くなり、夜遅い時間に傘を差しながら帰宅していた時。なぜか私は、何かに導かれるように、いつもとは違う路地へと入っていった。そして、路地を進んだ先で、私はあるものを見つける。初めは見間違いかなと思った。近付くにつれてそのあるものの姿がくっきりと見え始めても、私は自分の目を疑わざるを得なかった。

狭い路地の脇に置かれていた、大きな箱の段ボールと、雨に濡れないように開かれたビニール傘。そしてその傘の下。一匹の虎が、申し訳なさそうに首を垂れて、座っていた。行き交う人々は物珍しそうに虎を一瞥し、足早にその横を通り過ぎていく。そんな中、私だけは歩くスピードを少しずつ緩め、虎の前で立ち止まった。

雨に濡れないように傘が差しかけてあったけれど、大きな身体すべては入り切っていない。虎の両肩は濡れ、縞模様のうちのオレンジ色の毛は、黒い毛と区別がつかないくらいに濡れて暗くなっている。目を閉じていた虎はようやく私に気が付いて、顔をあげる。

白くて長いまつ毛の下から、黄色い瞳がじっと私を見つめている。段ボールの中には粗末なタオルが敷き詰められていて、その上には一枚の置き手紙があった。私は屈んで、手紙を手に取り、中を開いてみる。

『名前は虎次郎といいます。拾ってあげてください』

無責任な置き手紙を一読した後で、虎次郎という名前の虎をもう一度観察した。虎次郎は私と目が合うとさっと視線を逸らし、代わりに私が仕事帰りにコンビニで買った夜ご飯の方へと向けた。虎次郎がごくりと唾を飲み込み、太い喉が大きく波打つのがわかる。

飼い主から捨てられた可哀想な虎を目の前にしても、別に同情とかは感じなかった。代わりに頭の中に思い浮かんだのは、小学校の頃からずっと考えてきた、虎に食べられて死ぬという私の夢。

「ねえ、お腹って空いてる？」

私が初めて虎次郎にかけた言葉は、そんな言葉だった。

お腹と背中がくっつくくらい腹ペコです。私の質問に虎次郎はそう答えた。その後、私は虎次郎を家に連れて帰ったけれど、虎次郎がベジタリアンで肉を食べることができないということは、まだその時は知る由もなかった。

虎次郎はベンガルトラという品種で、全長は三メートル程度のさして珍しくもない虎だ。ただ虎次郎は、ベジタリアンの虎だった。健康のために肉食を控えているわけではない。自分達の快楽のために動物の命を残酷に奪うことは許されない。そんな政治的、倫理的な理由から肉食を否定していた。

キャットフードであっても、動物由来の栄養が入っているものはNG。以前、適当に買ってきたキャットフードを出したら、匂いを嗅ぎ、包装紙の裏に書かれている原材料を確認させてくれとまで言ってきた。包装紙を持ってくると虎次郎はじっと原材料欄を確認し、風味付けにチキンが使われていることを見つけると、これは信条的に食べることはできませんと突っぱねる。

「肉を食べたいという欲望を満足させるためだけに、動物たちがどれだけの苦痛を与えられているのか、彼らの生命がどれだけ残酷に扱われているか知ってますか？」

食事を巡って言い争いになる時、虎次郎はいつも決まってそんな言葉を口にした。

「大量に、かつ安く肉を生産するため、狭く不衛生な場所で自由を与えられないまま育てられ、そして柔らかくて美味しいからという理由で若くして命を絶たれる。栄養学が発展し、食べるものに困らなくなった今の社会では、私たちは別に肉を食べなくても生きていけるはずなんです。それなのになぜ、自分勝手な欲望を満足させるために、あんなにむごたらしいことをする必要があるんですか!?」

私を食べてもらうために、コストと手をかけているのに、そもそも信条的な理由から肉は食べないだなんて、あまりにも都合が良すぎる。私はよくそんな身勝手な虎次郎に憤りを覚えることもあった。

ただ、別に死に急いでいるわけでもないし、ゆっくり時間をかければいい。もちろんその分お金はかかるけど、独り身の私としては、会話相手がいる生活は心地良かった。虎次郎は自分で物事を考えられる賢い虎だから、特に世話が焼けるわけではない。話し相手にもなるし、家に虎を飼っているというだけで、面倒な人たち除けにもなってくれる。

いずれその時が来たら、私を食べてもらえればいい。そのいつの日かのため、私はこの狭いマンションの一室で、虎次郎と共同生活を送っているのだった。

「私は肉食動物ですが、一切肉を食べることなく健康的な毎日を送っています。肉食動物の私にできて、人間にできないはずがありません」

駅前の小さなイベントホール。壇上でスポットライトを当てられた虎次郎が聴衆に向かってそう訴えかける。真上には『ベジタリアンについて考えるシンポジウム』という垂れ幕がかけられており、虎次郎の後ろには著名人や文化人が座っている。

端っこの席に座っていた私は、思わず大きなあくびをしてしまう。このイベントの主催者が私の知り合いの知り合いらしく、虎次郎のことを偶然耳にしてオファーがきた。このイベントにこれほどうってつけの存在はいない。すぐさま彼は私に連絡を取り、虎次郎に演説をやってみないかと持ちかけた。私がそのことを虎次郎に伝えると、虎次郎は二つ返事で承諾し、意気揚々とスピーチ原稿の作成に取りかかった。

「ベジタリアンの考えを一言で表すのであれば、それは思いやりです」

私は会場に集まっている人たちを観察してみた。みんなこざっぱりとした格好をしていて、どこか品の良さを感じさせる。誰一人私と同じように飽きている様子はなく、虎次郎が話している言葉を一言も聞き逃すまいと真剣に聞き入っていた。

「私たちの、肉を食べたいという気持ちを満たすためだけに、何の罪もない無垢の動物たちがモノのように扱われ、虐げられている。自分のわがままや欲望を貫くためであれば、いくらでも他人や他の動物をひどい目に遭わせてもいい。そんな不条理を許していいんでしょうか？　私たちには理性と、そして愛があります。もちろん私一匹が肉食を拒んだところで残酷な現実が変わることはありません。ですが、私たちは自分本位な社会にＮＯを突きつけることはできます。その手段こそ肉を食べないという行動だと、私は信じているのです！」

そのタイミングで、会場が拍手に包まれる。虎次郎は満足げな様子で聴衆をぐるりと見渡し、一礼してから壇上から下りた。

そのままパネルディスカッションが始まったため、私は静かに席を立つとホールの外へ出て、虎次郎がいる控室へと向かった。

「あんなに胸を打つ演説は初めてですよ。同じベジタリアンとして、誇らしいです」

控室では虎次郎を呼んだイベント主催者が、演説を終えたばかりの虎次郎に興奮した面持ちで喋りかけていた。虎次郎が私に気が付くと、イベント主催者が大げさなリアクションで私に挨拶をする。演説はどうでした？　と虎次郎が聞いてきたので、私は素直に返事をする。

「私には難しかったかな。思いやり云々のところとか」

それから二言三言主催者と言葉を交わした後で、私と虎次郎は先に帰らせてもらうことにした。途中でイベント参加者と見られる人に声をかけられ、虎次郎と写真を撮りたいと言われたりもした。虎次郎はそれに対しても嫌な顔ひとつすることなく、快く受け入れていた。

「私がこうして自分らしい生き方ができているのは、すべて春奈さんのおかげです」

並んで歩いている最中、虎次郎は私にそう話しかけてくる。

「春奈さんに拾っていただけなかったら、ひょっとしたらのたれ死んでいたかもしれません。春奈さんが私を拾ってくれたのは、私に春奈さんを食べてもらうためだと言っていましたよね。でも、私は信じています。そんな自分勝手な理由だけで私を飼っているわけではないということ、そして春奈さんは懐の深い、愛に溢れた人間だということを」

そうだね。私は目を輝かせながらそう語る虎次郎の横で、あくびを噛み殺しながら相槌を打った。


「だからですね、お客様。何度も申し上げているように、その銘柄が上昇するだなんて一言も言った覚えはないんですよ。それなのに、私のせいだって難癖つけられても困るんです」

私は慣れた口調で冷静に説明するものの、顧客は壊れたラジオのように同じ言葉を繰り返してくる。私は心の中でこれはダメだなと見切りをつけた。心のシャッターを閉じ、ただただ電話口から聞こえてくるあらゆる口汚い言葉を右から左へ受け流す。適当に相槌を打ちながら、時間がもったいないので、私は目の前のパソコンで別の作業をし始める。

「あなたのところからはもう二度と買ってやるもんですか！　この嘘つき女!!」

顧客は思いつく限りの罵詈雑言を喋り尽くした後で、こんな言葉を残して電話を切った。だけど、別の作業に集中していたせいで、電話が切られたこと自体に気が付かなかった私は、携帯を片耳に当た状態で、そのまま数分作業を行なった。もう電話切れてるんじゃない？　と通りすがりの同僚が指摘してくれて、ようやく私は電話を机の上に置き、大きくのびをすることができた。

「さっき電話で話してたのって、あの居酒屋チェーンの社長さん？」

仕事の同僚で、大学時代から付き合いのある香奈美《かなみ》が横から尋ねてくる。

「ううん。それとはまた別の人。高級レストランのオーナーなんだけどさ、自分が損したのは私が嘘を教えたからって言ってんだよね。私は一度もその銘柄がいいなんて言ってないのに、本当困ったもんだよね」

私はそう言いながら笑った。香奈美はそうだねと相槌を打ちながらも、私の方をじっと見つめてくる。

　どうしたの？　と私が理由を尋ねると、香奈美は小さくため息をついた後で、「何でもないよ」と思わせぶりに呟いた。

「ところで、家で飼ってる虎は元気？」

「元気だよ。相変わらず野菜とキャットフードしか食べないけど」

　虎を飼い始めたと周囲に話した時、大体の人間はそのことを信じてくれなかった。ただ、大学時代からの知り合いである香奈美は、そのことを信じてくれた数少ない一人だった。香奈美は虎次郎の写真を見た時、虎を飼い始めた理由を聞いてきた。私を食べてもらうため。正直に私が理由を説明すると、香奈美は眉を八の字に曲げ、困惑した表情を浮かべていた。

　香奈美には一度虎次郎を見せてあげてもいいかもしれない。珍しいものを見られると喜んでくれるかもしれないし。そんなことを考えながら仕事をしていると、時間はあっという間に過ぎていって、退勤の時刻がやってくる。私はそのままオフィスを出て、家路を急ぐ。家で誰かが待ってくれているというだけで、帰り道が楽しくなるから不思議なものだ。

「おかえりなさい、春奈さん」

玄関を開けると、虎次郎がリビングに座り、私の帰宅を待っていた。それから私は自分の夕食を作りつつ、虎次郎の餌を準備してあげる。夕食を作り終え、私たちはリビングの真ん中に置かれた座卓を囲んで食事をとる。

「今日なんですが、外を一人で散歩していたら、近藤《こんどう》さんというベジタリアンの方と知り合いになったんです。なんでも前に私が参加していたシンポジウムに参加されていたらしいのですが、偶然にも、このマンションの六階に住んでるらしいんです」

「同じマンションにベジタリアンの人がいるなんて知らなかったな。私の身近にはそうそういないと思ってたから」

「いえ、それはきっと春奈さんが、ベジタリアンというものに興味がなかっただけですよ。関心を持って周りを見渡せば、世の中にはいろんな人がいると気付くはずです。それにですね……やっぱり、ベジタリアンの周りにはベジタリアンが集まるんです。類は友を呼ぶ、じゃないですけど、自分の身近にいたり、親しくしたりする人って、大体その人自身とどこか似ている部分があるじゃないですか。陽気な人の周りには陽気な人が集まりますし、音楽が好きな人の周りには音楽好きな人が集まる。ベジタリアンも一緒です。ベジタリアンの周りには、ベジタリアンが集まってくるんです」

そんなことを喋りながら、私たちは夜を過ごす。食事の後は、ベランダに出て、二階の窓から外の街並みを見ながら一服するのが日課になっていた。ここ最近は仕事も落ち着いてきてある程度上手くいっているし、いろいろあった一年前と比べたら、穏やかな生活を送れている。

嫌なことはもちろんあるし、周りが自分の思い通りにならないことでストレスが溜まることもある。それでも、虎次郎が私をなかなか食べてくれないということを除けば、今の生活に不満はなかった。

私は最後にタバコをもう一度吸って吐いた後に、部屋に戻る。部屋には虎次郎が寝転がっていて、ゆっくりと顔をあげて私の方を見る。

「この前タバコ辞めるって言ってませんでしたっけ？」

「そんなこと言うわけないじゃん」

「はいはい。また春奈さんお得意の嘘ですか」

そして、そんな満ち足りた気持ちでいる私に、虎次郎があっと何かを思い出し、話しかけてくる。

「そうそう。言い忘れていました。今日のお昼、春奈さんの知り合いだっていう人から声をかけられましたよ」

私の知り合いだと名乗る人から声をかけられた。

虎次郎からそう言われた時、私はへえと適当に相槌を打っただけだった。虎次郎の言う知り合いというのは、会社の誰かか、香奈美、それか香奈美経由で話を聞いた大学時代の友達だろうと真っ先に考えたからだ。

会社の人とか友達には、家で虎を飼っていると話しているし、ここら辺で私以外に虎を飼っている人の話なんて聞いたことがない。だから、首輪をつけた虎が一匹でうろついていたら、私が飼っている虎だろうと判断されても不思議はない。それでも、肉食動物である虎に自分から話しかけるなんて、怖い人に話しかけるくらいには勇気のいることなのにと私は不思議に思った。

「たしかにちょっと変わった人ではありましたね。『虎を飼うなんて馬鹿なことをするのは、あの春奈らしいな』って笑ってましたよ」

虎次郎があくび混じりに言ったその言葉が少しだけ引っかかる。大きなあくびをもう一度した後で、虎次郎がどうしました？　と尋ねてくる。私はちょっとだけ躊躇った後、声をかけてきた人がどんな人間だったかを聞いてみた。しかし、虎次郎は単に私と同い年くらいの男性でそれ以外の外見的な特徴は何も覚えていないとだけ答える。

まさかね、と私はポツリと呟いた後で、髪の毛先を指で意味もなく巻き始める。大学時代や高校時代の友達を含めたら、同い年くらいの男性の知り合いなんてたくさんいる。考えすぎ。私は自分にそう言い聞かせる。

「そうそう春奈さんの住所を教えて欲しいと言われたんですが、関係性がよくわからなかったので、断りましたよ」

「住所？」

「はい。最後に、またこの近くに寄った時にでも家を訪問したいから、住所を教えてくれないかと聞かれたんです。私は虎なんでそんなことわかりませんとシラを切りましたけどね」

住所を知りたいのであれば、知り合いなら私に直接聞けばいい。それなのに、どうしてペットの虎次郎にこっそり住所を教えてもらおうとするのか。小さな疑念が膨らんでいき、不安が少しずつ強くなっていく。机の上に置かれたままだった食器を流しへ持っていき、蛇口をひねる。

洗い桶に泡と音を立てながら溜まっていく水を見つめながら、私はもう一度、まさかね、と自分に言い聞かせるように呟いた。

近所にベジタリアン向けの料理を提供していて、さらにはペットの同伴可なお店ができたらしいので行ってみましょうよ。ある休日、そう虎次郎に誘われ、私たちは外食に出かけた。その日はよく晴れた日で、初秋らしからぬ汗ばむ陽気ではあったけれど、その暖かさが逆に私の気分をリフレッシュさせてくれる。

「このお店は前に話した近藤さんから教えてもらったんです」

私は近藤という名前に反応し、虎次郎の方へと視線を送る。

「ああ、六階に住む同じベジタリアンの人ね。最近彼女と仲良くしてる?」

「え、いや……。実は最近ちょっと避けられているんですよね。前はあんなに親しくしてくれたのに」

「彼女が大事に飼ってたインコがこの前行方不明になったらしいんだけど、虎次郎が犯人だと疑われてるんじゃない?」

「スーパーで売られている肉すら食べないのに、彼女が飼ってるインコを食べたいなんて思うわけないですよ。冗談がきついなぁ。もし本当にそう思われてたとしたらショックですよ」

晴れた街を散歩して、美味しい料理を食べて、とりとめもない話をして。虎次郎が一緒だったからショッピングモールには行けなかったけれど、私は休日を満喫した。虎次郎も私が楽しそうに路面店で買い物をしている様子を見て、ほっと胸を撫で下ろしているのか、表情が家を出る時より少し和らいでいる。

日が傾き始め、夕暮れが近付く頃。十分に楽しんだから、もうそろそろ家に帰ろう。私はそう言って、虎次郎の首を撫でた。虎次郎もゆっくりと大きな身体を揺らして、私の横へと近付いてくる。

私は腕時計で現在時刻を確認し、家の方向へと歩き出す。その時だった。

「見つけた」

それは小さな独り言だった。だけど、そんな小さな声が、まるで私の鼓膜を直接揺らしたかのように、はっきりとした音で私の耳に届いた。踏み出したままの足はその場で固まる。虎次郎はそれに気が付かず数歩歩いて、それから不思議そうにこちらを見る。

振り返りたくはなかった。それでも、私は深く息を吐きながらゆっくりと後ろを向く。私たちから数メートル後ろ。人が行き交う通りの中で、元彼である能瀬《のせ》大地《だいち》が、誇らしげな笑みを浮かべて、そこに立っていた。

黒のパーカーに色の抜けたジーンズという以前と変わらない格好で、生まれつきの癖っ毛を指先で無造作に触りながら、こちらを見つめている。微笑みは後から顔に張り付けられたように固い。口元は笑っているのに、目は笑っていなくて、じっと目の前にいる私と虎次郎を見つめていた。

「春菜にずっと会いたかったんだよ」

大地がゆっくりと口を開く。

「ほら、別れてから一年近く会えてないじゃんか。虎を飼い始めたって噂を知り合いから聞いていたけどさ、本当なんだな。でも、虎を飼うなんて本当に頭おかしいわ。やっぱり、俺がいないから、そんなことしちゃったわけ？」

大地はニコニコと笑顔を絶やさないまま、まるで数日前に会ったばかりの友人に話しかけるような口調で私にそう言ってくる。大地が私に近付こうと足を踏み出した。合わせて私が後退りをすると、大地は不愉快そうに眉を顰める。避けるようなことするなよ、と棘を含ませながら大地が言葉を吐き捨てた。

「……警察から接近禁止命令が出ているはずだけど？」

いつの間にか私の横に立っていた虎次郎がこちらをちらっと見て、納得したような表情を浮かべる。そして、目の前にいる男性が、私にとっての敵だということを一瞬で理解したのか、虎次郎は警戒を強める。

「警察は馬鹿だから何もわかってないいんだって。俺たちの別れ話に首を突っ込んできた時もさ、俺だけが悪いみたいな言い方をしてきたけど、俺としては未だに納得できてないいんだよな。まあでも、それは関係ないいんだよ。別に春奈を付け回してたわけじゃない。たまたま別件で用事があってここらへんを歩いていたら、偶然春菜を見かけて、思わず声をかけちゃっただけ。もちろん接近禁止命令が出てるからダメだってのはわかってるけどさ、やっぱり春菜を見たら、どうしても気持ちが抑えられなくって」

嘘つき野郎。私は喉まで出かかった言葉を飲み込んだ。変に相手を刺激せず、このまま何事もなく別れたい。私の頭にあったのはただその気持ちだけ。

だけど、大地はそんな私の気持ちなんてお構いなしだ。昔と同じような馴れ馴れしい口調で話をしながら、こちらへ向かってくる。これ以上近付いたら警察呼ぶよと私は大地に警告したけれど、彼は聞く耳を持たない。

一歩、また一歩、大地が私に近付いてくる。そのタイミングで、状況を窺っていた虎次郎が私と大地の間に入り、小さく唸って、威嚇した。

大型肉食動物の威嚇の凄みに一瞬だけ大地の足が止まった。だけど、虎次郎を恐れているような態度ではない。まるでそれは虎次郎が前に出てきたことに感心したような、そんな態度だった。

大地が足を止める。しかし、余裕な微笑みが崩れることはなかった。

「まずは話し合いましょう！　思いやりの気持ちを持って話し合えば、お互いが納得できるような落とし所を見つけられるはずです！」

「知り合いから聞いてるけど、お前ってベジタリアンの虎なんだろ？　ハッタリかまして、人間様に楯突いてくるんじゃねえよ」

身体の大きさは一回りも二回りも違う。力だって圧倒的に虎次郎の方が強い。それなのに、なぜか自分の方が上だと言わんばかりの態度。そんな大地の態度に、虎次郎は困惑のあまりたじろいでしまった。

大地はそれを見逃さなかったし、そういう弱みを瞬時に悟って、そこにつけいるのが彼のやり口でもあった。大地はさらに歩みを進めて、虎次郎の目の前に立つ。それからまるで大型犬を扱うように頭に手を置き、虎次郎の頭を撫でる。

虎次郎は突然の出来事に一瞬反応できなかったけれど、ワンテンポ遅れて手を振り払い、牙を剝いてもう一度唸り声をあげた。だけど、大地はそれに怯えることは全然ない。まるでその反応を面白がるようににやにやと笑うだけだった。

プライドを傷つけられた虎次郎がもう少しだけ声のボリュームをあげる。すると、周りにいた人たちが私たちの異様な空気に気が付いて、注目し始めた。さすがにこんなに注目を浴びるのは嫌だったのか、「今日は春菜に会えただけで良かったよ」と言って、大地はもう一度虎次郎の頭をわしゃわしゃと撫でた。

「別れる時も言ったけどさ、俺はお前の弱みを握ってるんだからな。簡単に逃げられると思うなよ」

大地はそう言って、私に微笑んだ。あの時と同じ、獲物をとらえた蛇のような目で。

大地は私たちに背を向けて、ゆっくりとその場から立ち去っていく。虎次郎は追いかけるべきかどうか迷ったのか、私と大地を交互に見比べた。そして私はというと、その場から一歩も動けないまま、右手だけが小刻みに震えていた。

昔々、というかほんの数年前、とある世田谷区のマンションに、一人のＯＬが住んでいました。その女の子には大学時代から付き合っている彼氏がいて、それはそれは幸せな生活を送っていました。

彼氏の名前は能瀬大地といい、大学時代に同じサークルで知り合いました。彼と初めて会った時、その女の子は彼を運命の人だと信じてしまいました。嘘みたいに波長が合い、今までいろんな人と話す時に感じていた違和感がない。常日頃、人間関係自体に苦手意識を持っていた女の子にとっては、そんな人間と巡り合うこと自体がまるで奇跡のように感じられたのです。

結局その女の子はあらゆる手段を使って彼にアプローチをかけ、見事付き合うことができました。その頃から、彼氏の悪いところ、たとえば他責的であったり、虚言癖であったり、束縛が強いところはありました。それでも、そんなものは気にならないほどにその女の子は彼氏のことが好きでした。彼氏が新卒で入社した会社をクビになり、大学時代に働いていたパチンコ屋でバイトを始めた時も、女の子の熱が冷めることは決してなく、むしろ自分が養ってあげるとさえ思っていました。

恋愛ってそういうもの。彼氏と付き合ってた頃、女の子は口癖のようにそんな言葉を呟いていました。出社も含め、外出する時は必ず彼氏に服装チェックをしてもらって、他の異性を誘惑するような格好だと言われたら着替えなくちゃいけないこととか。毎日その日話した人について彼氏に報告して、たとえ仕事であろうと異性と話した場合には、何を話したのか具体的に説明して、一言ごめんなさいと謝罪しなければならないこととか。将来の二人のお金だからという理由で、五千円以上の買い物をする場合には事前に彼氏の了承を得なくちゃいけないこととか。

——俺は春奈との将来を真剣に考えているんだから、理解して欲しい。

彼女が仲良くしていた会社の異性の同僚の家へ彼氏が乗り込み、玄関先で散々喚き散らしたのち、その同僚に土下座を強要した事件があった翌日。彼氏は女の子に対してそんなことを言いました。将来、なんて言われると女の子が何も言えなくなることを彼氏はよくわかっていました。それから、彼氏がいるのに、他の男と仲良くしているお前の方が悪いということを淡々と告げ、自分があんなことをしたのはお前のためなんだと説明しました。

服を脱げ。ひとしきり言いたいことを言い終えた彼氏は女の子に対してそう命令しました。女の子は彼氏の言う通り、服を脱ぎ、半裸の状態で彼氏の前に立ちました。彼氏はじっくりと彼女の身体を上から下まで眺めた後で、自分が吸っていたタバコをゆっくりと彼女の胸のあたりに押し当てました。力強くタバコを押し付けると、皮膚が焼ける音がして、立ち上る一筋の灰色の煙は焦げついた匂いがしました。長い長い時間押し当てられたタバコをゆっくりと離すと、そこには小さな火傷跡ができていました。

もちろん女の子には昔からの友達もいたし、会社には仲の良い同僚もいました。しかし、彼女たちがいくら説得を試みてもダメでした。女の子にとっては彼氏が自分の全てになっていて、モラハラという至極わかりやすい単語ですら、右から左へとそのまま受け流されていってしまったのです。

で、このお話の最後がどうなったのかを簡単に説明すると、もちろんモラハラ気質の彼氏が突然雷に打たれて心を入れ替え、改心するはずもなく、根性焼きの話を聞いた女の子の友達が半ば無理矢理彼女を保護し、彼氏から引き離したのです。

それだけではもちろん終わりませんでした。彼氏は彼氏でその女の子に強烈に依存していたわけですから、すんなり別れてはくれず、大人同士の理性的な話し合いなんかではなく、別れ話はどんどん泥沼化しました。

――俺はお前の弱みを握ってるんだぞ。

話し合いの場で彼氏は女の子に対して繰り返しそんなことを言って脅しました。他にもいろんなことがありましたが、最終的には警察に間に入ってもらってようやく彼氏を彼女から引き離すことができ、彼氏には警察から接近禁止命令が出されました。

『いろんな』なんて言葉で誤魔化してますが、実際は彼女の会社や彼女を保護している友達の会社に直接言いがかりをつけにいったり、盗聴とか尾行とかの犯罪行為が行われたり、ここでは言えないようなことをやってたんですが、これを話すと長くなるので、一旦は割愛します。

　その後、女の子は彼氏に知られている家から引っ越し、転職にも成功し、心機一転新しい生活をスタートさせました。そして、女の子は偶然道端で捨てられている虎を見つけ、家で飼い始めたのでした。


　私が昔話を話した時、虎次郎は心から私に同情してくれた。特に私が大地からタバコの火を押し付けられた話をした時には表情をひどく歪め、両脚で自分の頭を抱えるのだった。

　大地が私たちの目の前に再び現れた後、私はすぐに警察へ、大地が接近禁止命令を破ったことを連絡した。しかし、警察はただ私の話を聞き流すだけで具体的な行動は何も取ってくれなかった。偶然会ったと相手は主張してくるだろうし、そのように主張されると、接近禁止命令違反で逮捕することができない。とりあえず、またストーカーされたらすぐに連絡してください。しつこく訴える私をあしらうように、警察官はそれだけ言って電話を切ってしまった。

　住んでいる地域がバレてしまった以上、違う町へ引っ越すべきだろうか。ふとそんなことまで考えてしまう。今の家は、以前、住んでいた地域とは全く縁がないという理由で選んだ。大地の知らない町へ引っ越してしまえば、少なくとも今みたいにいつ現れるかわからない大地を警戒する必要はなくなる。

　でも、一体いつまでこんなことを続けたらいいのだろうか。別の場所に引っ越しても、きっと大地はあらゆる手段を使って私の住んでいる場所を突き止めようとするだろう。そして、再び私の前に現れて偶然を装って私に声をかけてくる。お前の弱みを握ってるんだぞ。にやりと不気味な笑みを浮かべる大地の姿が、頭の中に鮮やかに浮かび上がる。

　大地から街中で話しかけられた日以降、気の張りつめる日々が続いた。会社にいても、大地が乗り込んでくるんじゃないかという不安が常に頭にあったし、電車から降りて自分の家へ向かう時も、後ろから足音が聞こえてくるだけで大地に尾行されているんじゃないかと疑ってしまう。

　大地はもう一度目の前に姿を現す。私はそう確信していた。だけど、ひょっとしたら大地も、私がそう考えることをお見通しだったのかもしれない。

実際、大地はなかなか姿を現さなかった。警戒が薄まる頃合いをはかっているのか、それとも単純に楽しんでいるのか、私にはわからない。でもきっと大地は息を潜め、タイミングを窺っている。忙しい毎日に追われる中でも、私は自分に言い聞かせるように心の中で呟き、決して警戒を緩めることはしなかった。

だから、仕事が立て込み、会社を出る時間がいつもより遅くなったその日の夜。明らかに普通じゃない足音を私は聞き逃さなかった。私の歩みと全く同じリズムで、後ろから聞こえてくる足音。私が歩く速度を速くすればつられて足音も速くなり、わざとゆっくり歩けば、足音の間隔も長くなる。振り返ることはしなかった。ただ、自分が取るべき行動はわかっていた。

一番避けるべきこと。それは今の家を大地に知られること。大地が私の住所を知るために後をつけてくることなど、想定の範囲内だった。私は何も気が付かないふりをしながらも、周辺の地図を頭の中に思い浮かべる。私は大通りから逸れて道が入り組んだ路地へと入っていく。後ろからは少し遅れて、私を追いかけてくる足音が聞こえてきた。

私は覚悟を決めた。人通りの少ない路地へ続く道を曲がり、曲がり角で立ち止まる。

近付いてくる足音を聞きながら、カバンに手を突っ込み、中から護身用のスタンガンを取り出し、握りしめた。親指をボタンの上に置き、心を落ち着けるために深く息を吸う。

待っている間、頭の中で何度もシミュレーションを行う。スタンガンを大地の脇に押し当て、ボタンを押して電流を流す。そこまで難しいことではない。私は息を止め、私の待ち構える路地へと相手がやってくるタイミングを窺った。近付いてくる足音。速くなる心臓の鼓動。

人の気配が一層強まる。誰かが道を曲がり、路地へと入ってくる。私はぎゅっとスタンガンを握りしめ、腰をかがめた。そして、スタンガンをその人物に押し当てようとした、その直前だった。路地を曲がってきたその人物が、私の全く知らない、仕事帰りの中年男性であることに気が付いたのは。

私は間一髪でスタンガンを引っ込め、背中側へと隠す。中年男性は、路地を曲がったところにいた私に一瞬たじろぎ、それから不愉快そうに眉を顰める。驚かせないでくれよ。言葉にはしなかったけれど、中年男性の顔にはそんなセリフが書かれていた。

私は小さく会釈をする。スタンガンを持った手を背中に回したまま、帰りを急ぐ中年男性の背中を見送る。

思い違いだった。私はほっと胸を撫で下ろす。だけどその一方で、大地にスタンガンをお見舞いできなかったことを少しだけ残念に思う。中年男性の姿が完全に見えなくなったタイミングでもう一度深くため息をついた。

早く家に帰ろう。計画が不発に終わった私は、ポツリと呟き、家がある方向へと歩き出す。聞き覚えのある声が聞こえてきたのは、まさにその時だった。

「こんな物騒なもの持つなよ。危ないだろ」

私がその声に反応できたのは、大地が私の手からスタンガンを奪い取った後だった。腕をつかまれた状態で振り返ると、そこには大地がいた。大地は私から奪ったスタンガンをもう片方の手で握り、薄暗闇の中でもわかるくらいの不気味な笑みを浮かべていた。

人気のない路地。私たちは何も言わずに向き合った。先ほどの中年男性はすでに遠くへ行ってしまっていて、助けを呼ぶことはできない。私は大地につかまれていない方の手をバレないようにそっとカバンの中に突っ込みながら、大地に問いかける。

「駅から尾行してきたわけ？　それとも、また偶然だって言い張るつもり？」

その質問に対しても、大地はにやにやと笑うだけ。それでも私がじっと相手の回答を待ち続けると、大地はようやく口を開く。

「ああ、尾行してきたよ。それが何か？　そもそも春奈が俺と別れようとするから悪いんじゃないのかよ？」

「別れる原因は、大地にあるでしょ？　警察も友達もみんなそう言ってくれている。それなのに、なんでそんなことが言えるわけ？」

「だからさ、警察もお前の馬鹿な友達も全然わかってないんだよ。俺に原因があるだって？　お前のわがままを我慢してたのは俺の方だろ!?　なんでそんなことが言えるのか、俺の方が聞きたいくらいだよ！」

大地が私の腕をつかむ力が強くなる。私は振り払おうと腕を振ったが、大地は決して放そうとしない。強く握りしめられた部分の感覚が少しずつなくなっていくのがわかる。それでも大地は私を睨みつけるように見つめ、あのお決まりの言葉を口にする。

「俺から逃げたらどうなるのかわかってんのかよ？　俺はお前の弱みを握ってるんだぞ」

「脅し？　警察に言ったら、一発で捕まるよ？」

「まあ、いくら警察に告げ口をしたところで、俺はストーカーなんてしてないって言い張るけどな。お前みたいな嘘つき女の言ってることを、警察が信じてくれると思ってるのか？」

呆れた言い訳を口にしながら、大地は気味の悪い笑みを浮かべる。だけど、私は怯むことはなかった。むしろ先ほどよりも強気な態度で大地に言い返す。

「信じてくれると思うけど？　その言葉があれば」

「はあ？」

その言葉だけで十分だった。私はカバンに突っ込んでいた手を勢いよく外に出し、ずっと握っていた催涙スプレーを大地の顔に向け、勢いよくトリガーを引いた。噴射音と同時に、大地が喚き声をあげる。私は大地の手を振り払い、そのまま走り出す。右へ左へ道を曲がり、追跡されないように道を進んだ。そして、息を切らしながら私は走り続け、私が住むマンションへとたどり着く。

振り返ってみたが、そこに大地の姿はない。マンションを見上げると、三階の私の部屋のベランダには、虎次郎の姿が見えた。その姿を見て、ようやく私は胸を撫で下ろす。呼吸を整えながらマンションの入り口へ入り、オートロックで守られた屋内へと入っていった。

エレベーターを待ちながら、カバンに入れていた携帯を取り出す。画面に写っているのは、録音アプリと録音中という文字。私は録音した音声を再生してみる。くぐもっていながらも、そこに大地の言葉がはっきり残されていた。

私は携帯をぎゅっと握りしめ、勝利の笑みを浮かべる。それからさっきまで私を尾行してきた大地に対して、ざまあみろと心の中で呟くのだった。

家の中に入り玄関にチェーンをかけた後で、私は深いため息をつき、その場にしゃがみ込んだ。私の足音を聞きつけ、さっきまでベランダにいた虎次郎が、心配そうに私の元へとやってくる。私は虎次郎に、大丈夫だよ、と笑ってみせた。

虎次郎に先ほどの出来事を話す。虎次郎は私の無茶な行動に顔をしかめつつも、やりましたねと私に言葉をかけてくれる。私は立ち上がり、虎次郎のふさふさの頭を撫で、伸びをする。虎次郎もまた私の手を振り払うこともせず、私が撫で終わってから安心したように私から離れ、リビングへと戻っていった。

私は靴を脱ぎながら、明日のことを考える。午前中、すぐにでも警察へ行って、この録音を突きつけてやろう。身体は緊張で疲れ切っていたけれど、心は不思議と軽かった。

これで大地からつきまとわれることもなくなる。私は心の底からそう思っていた。

靴を脱ぎ、玄関からリビングへと向かう。スパーク音と、それから、どさりという何かが倒れる音がしたのは、私がリビングの扉を開けたそのタイミングだった。

開いたベランダの窓から吹き込む風で内側へ膨らんだベージュのカーテン。リビングの真ん中に倒れた虎次郎。さっきまで私が所持していた護身用のスタンガンを右手に持ち、虎次郎の前で仁王立ちしている人影。

影がゆっくりと私の方へと顔を向ける。目の前にいる人間が能瀬大地だとわかった瞬間、私はその場で動けなくなる。

大地が足元に転がった虎次郎をまたいで、私の方へと近付いてくる。反応が遅れ、後ろへ駆け出そうとしたタイミングで大地に腕をつかまれてしまう。力強く引っ張られ、体勢が崩れた私は膝から床に転んでしまった。大地が私の腕を強く握りしめたまま起こそうとしたため、私が座り込んだまま大地を見上げる格好となる。部屋の白昼色の照明をバックに、大地は笑っていた。

「そんなに怖がるなよ。別にひどい目に遭わせようってわけじゃないんだぞ？」

私は大地の顔から視線を逸らして、リビングに倒れている虎次郎の姿を見た。あんな虎がベランダにいたら、住所なんて丸わかりだよな。大地は床に倒れている虎次郎を一瞥し、吐き捨てるようにそう言った。

大地の目的は私とよりを戻して、以前の関係に戻ること。だから、きっと私の命を取ろうとしているわけではない。それに、この場さえやり過ごせば、警察が彼を逮捕してくれるということもわかっていた。だけど、逮捕とか、そんな生半可な対応で何とかなる相手ではない。

この追いかけっこはこれからもずっと続く。目の前にいる男がこの世からいなくならない限りは。

「突然窓から侵入したことは謝るよ。でもな、俺の気持ちもわかって欲しいんだ。俺はお前のことを今でも愛してるし、よりを戻せるためだったらなんでもする。さっきは頭に血が上って脅しみたいなことを言ったけどさ、どれもこれもお前を愛してるからなんだ」

こんなものを持って言っても、説得力がないか。大地はそう言って手に持っていたスタンガンを床に落とし、自分にこれ以上敵意はないということを私に見せつける。

「とりあえずこっちに来いよ。今後の俺たちの関係について、まずはしっかり腹を割って話し合おうぜ」

大地が笑いながらゆっくりと私の腕を自分の方へと引き寄せる。そして、その力に身を任せ、ゆっくりとお尻が床から離れたその瞬間、私の頭の中で何かのスイッチが入った。気が付けば私はそのまま大地の頭へ両手を伸ばし、彼の髪をつかんで、思いっきり引っ張っていた。

大地が痛みに声をあげる。私は有らん限りの力で髪の毛を引っ張り、それから左右へ振り回す。大地が姿勢を崩して、崩れた膝がテーブルの端に当たって鈍い音を立てる。

しかし、大地は痛みで悶えるなんてことはなく、私の方をぎっと睨みつけ、自分の髪の毛をつかんでいる私の手を両手でつかもうとしてくる。

私は大地の髪の毛から手を離し、そのまま彼の両手を振り払う。不意打ちをくらった大地は今まで見たことのないような憎悪の表情で私を睨んでいた。私は隣のキッチンへと向かう。コンマ数秒遅れて、大地が私を捕まえようと追いかけてくる。私は流し台の下の収納へ手を伸ばし、そこの扉を開ける。扉が開いたのと、大地の手が私の服をつかむのが同時で、容赦ない力で体を引っ張られるのがわかった。

後ろから引っ張られ、膝が床につく。それでも私は必死に手を伸ばす。指先に触れる硬い感触。私の服をつかみながら、大地が覆いかぶさってきて、もう片方の手が拳として振り上げられるのがわかる。頭部に走る鈍い衝撃。遅れてやってくる痛み。頭の中で火花が弾けたみたいに、意識が飛んで、一瞬だけ視界が真っ白になる。

視界が再び戻ってきた時、時間が止まったみたいに、目の前の景色が鮮明に目に映った。二発目をお見舞いしようと振り上げられているもう片方の拳、そして、口角が不気味に上がった大地の顔。私は手に持ったそれを両手で強く握りしめ、そのまま覆いかぶさった状態の大地の胸に目がけて突き出していた。

大地の二発目が頭を揺らし、再び意識が飛ぶ。だけど、もう一度意識が戻った時、三発目の拳は天井に向かって振り上げられてはいなくて、代わりにその手は大地の胸のあたりを押さえていた。

服からじわりと広がっていく赤いシミ。大地の胸に刺さった包丁の刃を伝って、柄から滴ってくる生温かい液体。

大地の大きな身体が私の方へと倒れてきて、包丁がさらに深く沈んでいく。

私は大地に覆いかぶさられたまま、仰向けの状態でキッチンの天井を見上げていた。非現実的な状況から逃避するように、私はキッチンの天井のシミを数えた。一つ、二つと数え、あれはここに引っ越した時からあるものだろうか。そんな今考えるべきではないことを考えて、ようやく私は大地を横にどけ、起き上がった。

大地の血で汚れた服を脱ぎ、そのまま風呂場へと向かった。まるで何事もなかったかのようにシャワーを浴びて、それから風呂場を出る。髪をきちんと乾かした後でリビングへ行き、私は開けっぱなしだった窓からベランダへ出て、そこで一本だけタバコを吸った。

ベランダの手すりにもたれ、部屋の中へと視線を向けると、そこにはまだ大地の死体が横たわっていた。白いタバコの煙が夜の空へと上がっていく。私はタバコの火を消した後、リビングへと戻り、気を失っている虎次郎に近付いていった。

身体を大きく揺すると、虎次郎は小さな呻き声をあげながらゆっくりと目を覚ました。それから先ほどまでの出来事を思い出したのか、ガバッと勢いよく身体を起こす。そして、私から香ってくるシャンプーの匂いに少しだけ困惑した表情を浮かべた後、虎次郎の視線が大地の死体へと向けられる。

その後、虎次郎が私の目を見つめた。でも、私にさっきまでの出来事を説明する気力はなかったし、ここに死体があること以上に、ここで一体何が起こったのかを雄弁に物語るものはなかった。

「大地が私と心中してやるって言って襲いかかってきたの。だから……包丁で刺して殺してやった。明日警察に行く予定だったけど、わざわざこちらから出向く必要はなくなるかもね」

私はそう言いながら、リビングに置かれたソファへ倒れ込む。ソファの柔らかい感触を身体全体で感じながら、私は目を瞑る。目を閉じていても、虎次郎が私と死体を交互に見つめ、パニック状態に陥っていることが伝わってくる。なんでそんな冷静でいられるんですか!? 虎次郎がそう叫んで、私はようやく目を開けた。

「これからどうなっちゃうんですか？」

虎次郎が不安げな表情で私を見つめてくる。

「死体の匂いで近隣住民からクレームが入って、大家か警察が私の部屋に上がり込んで、死体を発見。殺人容疑で私を逮捕。そんな感じかな」

「でも、正当防衛だって警察もわかってくれるはずじゃ」

「殺そうと思って殺したの。大地が生きている限り、きっと私は逃げ続けなくちゃいけないってことに気が付いたから」

「何とか……何とかならないんですか？」

「捕まらずに済むならそうしたいけど、こんなでっかい死体がキッチンの床に転がった状態で、警察にバレないなんてことはありえないからね。死体をどこかに隠そうにも、家から外へ持ち出すこともできないし、仮にできたとしても監視カメラに撮られて一発アウトだし。死体が魔法みたいに消えてなくならない限りは、どうしようもないんじゃない？」

「そんな……。春奈さんは悪くないのに……どうして!?」

私はソファの上で横になり、もう一度目を瞑った。それから、刑務所の生活はどんなものだろうと頭の中でイメージしてみたけれども、疲れているのか頭が全然回らない。意識がゆっくりと遠のいていくのがわかる。虎次郎が私に呼びかけたような気がしたけれど、何て言ったのかは聞き取れなかった。

寝心地の悪いソファの上で私は昔の夢を見ていた。夢の中には私を追いかけ回す大地の姿もお腹に包丁が突き刺さった大地の死体もない。穏やかで幸せな夢。しかし、これが夢だと気が付き、ずっとこの夢が続けばいいと思ったタイミングで意識がすうーっと戻り、場面が見慣れた自分の部屋へと切り替わる。

だけど、私は目の前の光景を見て、まだ寝ぼけているのだと思った。私は寝返りを打ち、もう一度穏やかな夢の中へ戻るため、微睡に身を委ねる。

私の目に映った光景。その中でベジタリアンの虎次郎は、口元を血で真っ赤に濡らしながら、キッチンの床に転がっている能瀬大地の死体に喰らい付いていた。

一番簡単な完全犯罪は、そもそも死体が見つからないようにすること。昔読んだ推理小説で、作中の探偵が言っていたセリフを思い出す。

目が覚めた私の目の前には、骨が剝き出しになり、身体の半分近くの肉を食べられた大地の死体があった。死体の前で立ち尽くす私の横で、口元を血で真っ赤にした虎次郎が今にも泣きそうな声で喋りかけてくる。

「……五日あれば、全部食べ終われると思います」

私は虎次郎の方を見る。何も聞かないで欲しい。虎次郎の目は、そう訴えているように私は思えた。私は虎次郎に微笑みかけた後で、虎次郎の頭を両腕で抱き締め、囁くのだった。

「このお礼にお願いを一つだけ聞いてあげるから、考えておいてね」

虎次郎の言った通り、大地の死体は五日程かけてすべて虎次郎のお腹の中に収まった。その間、私は普通に仕事に出かけ、虎次郎は家で大地の死体を食べ続けた。大地はフリーターだし、付き合っている時も無断で遅刻をしたり、欠勤をしたりすることも多かった。だから誰も失踪に気が付かず、大地の捜索願が警察にすぐに届けられなかったであろうことが、私に有利に働いた。

証拠隠滅を行う時間はたくさんあったけれど、普通の殺人なんかよりずっと楽だった。一番大きかったのは、機転を利かせた虎次郎が死体の下にタオルを敷いた状態で大地の死体を食べてくれていたこと。おかげで処分が必要だったのは、下に敷かれたタオルと大地を刺した包丁くらいで、少し時間をかけて掃除をしただけで、ここで殺人が行われたなんてわからないほどに綺麗にすることができた。

ただ、すべての部位が食べられたわけではなく、太くて噛み砕くことのできない固い骨であったり、身につけていた服、所持品、それから髪の毛は私の方で処分しないといけない。だけど、それでも成人男性一人の身体をまるごと処分するのとは比較にならないほどに簡単で、一泊二日の旅行サイズのリュックに大地の残骸は全部詰め込むことができた。

所持品も携帯と財布、それだけ。他には何も持っていなかったので、それもリュックに入れてしまった。

虎次郎が大地を食べ終えたその日の深夜。夜には全く人気がないことで有名なとある海岸へと車で向かった。肉は食べ尽くされているから、海の底に沈めさえすれば、ガスで膨張した遺体が浮き上がってくることもない。警察もよほどの確信がなければ、人を動員して、海の底を捜索するなんて手間のかかることはしないはず。私はそのことをよく知っていた。

証拠隠滅のためにやってきたこの海岸には、昔一度だけ、大地と一緒に車で訪れたことがあった。

「俺は春菜のすべてを受け入れるし、春菜が殺人で逮捕されたとしても、絶対に俺だけは見捨てたりしない」

狭くて暗い車の中。大地は私にそう言ってくれた。その言葉の裏には、だから俺から逃げるなという要求があったのだろう。

だけど、大地を運命の人だと思い込んでいた私にとって、その言葉は悪魔の囁きだった。その車中の告白をきっかけに、私たちは付き合い始めた。本当に大丈夫？と心配してくれた人もいたし、私たちが付き合うこと自体を良く思わない人もいた。でも、あの時の私の目に映っていたのは大地だけで、他人の言葉なんて私の耳を通り抜けていった。

私は車のトランクからリュックを取り出す。リュックは念のための重石と、大地の骨でずっしりと重かった。

両手でリュックを抱きしめながら近くに繋ぎ止められていた手漕ぎボートに乗る。暗い海を進んでいき、そして埠頭から一定程度離れた場所で、大地が入ったリュックを暗い海へと放り投げる。重たいリュックが水面を叩く音が虚しく響き、暗闇に慣れた目に飛沫と海面の波紋が映った。

私はゆっくりと海の底へ沈んでいく大地の亡骸に思いを馳せながら、しばらくの間オールも漕がずに舟が揺れるに任せていた。


警察官が私の家にやってきたのは、大地を海の底に沈めてからちょうど一ヶ月後のことだった。

岩本《いわもと》と名乗った警察官は、三十代後半から四十代前半くらいの中年で、ぱっと見冴えない人物だった。

岩本は警察手帳を開きながら、能瀬大地という男を知っているかどうかを単刀直入に聞いてくる。大地は私の元彼だけど、それが何か？　私がそう答えると、岩本は不愉快そうに右目を吊り上げ、それからこほんと小さく咳をした。

「あなたの元交際相手である能瀬大地さんですが、現在行方不明になっていまして、事件の可能性も含めて捜索を行っているんです。能瀬さんとあなたは交際期間中にトラブルを頻繁に起こしており、最終的には警察が能瀬さんに接近禁止命令を出して、ようやく別れが成立した。そう聞いております。また、近隣の署によると、つい最近、接近禁止命令が通達されているにもかかわらず、能瀬さんがこの街であなたに近付いたという相談を……」

「ちょっと待ってよ」

「はい？」

「大地と私が交際期間中にトラブルを起こしたんじゃなくて、大地が私に一方的にモラハラとか暴力を振るってきたの。その言い方だと、私にも何か原因があるみたいじゃん」

失礼しました。岩本は申し訳なさそうに頭を掻いたが、反省しているようには見えなかった。そのことに少しだけむっとしながらも、私はグッと言葉を呑み込んだ。

私は改めて、目の前の岩本を確認してみた。私と同じくらいの背丈で、髪はボサボサ。Yシャツの襟はよれているし、アイロンをかけていないのかシャツの皺が目立つ。

そんなに優秀な警察官ではなさそうだし、こいつが相手ならばれることはないな。私がそのように判断したタイミングで、岩本が額に浮かんだ汗をハンカチで拭う。しかし、その一瞬、視線が私ではなく、私の後ろへと向かったのを見逃さなかった。女性の部屋を盗み見ようとしているのかと不快に思ったが、岩本が視線を器用に動かし、後ろにある部屋の廊下やキッチンなど、隅々まで観察していることに気が付く。

ひょっとして部屋の中に血痕などが残されていないか確認している？ そんな考えが浮かんだけれど、そんなしたたかなことを目の前の冴えない中年刑事がやるとは到底思えなかった。

ただ、警戒心から疑り深くなっているだけ。私は自分にそう言い聞かせながら、目の前の警察官をあえて力強く睨み返す。

岩本は鈍感なのか、それとも気が付かないふりをしているだけなのか、呑気に顎髭を掻きながら、目を逸らす。その振る舞いが余計に腹立たしくて、私は無意識のうちに声を荒らげてしまう。

「たしかに私と大地は別れる時に揉めたけど、もう関係は絶ってるの。私が大地を殺す動機なんてあるはずないでしょ」

岩本はちらりと私を見つめ返した後で、全く違う話題を振ってくる。

「関係ない話で恐縮ですが、ペットでも飼ってらっしゃるんですか？」

「はい？」

「いえ、廊下に動物の毛が落ちているのがちらっと見えたので、聞いてみただけです」

「飼、ってない、です。何を言ってるんですか?」

私の言葉に岩本が少しだけ困惑する。そのタイミングで後ろからフローリングの上を滑る足音が聞こえてくる。

振り返ると、心配になって玄関の様子を見に来た虎次郎の顔がリビングのドアから顔を覗かせていた。虎次郎を見た岩本は、演技がかった仕草で、ペットに虎を飼ってるだなんて珍しいですねとまるで私を馬鹿にしているかのように感想を述べた。

「同じ部屋に肉食動物がいるなんて恐くないんですか?」

「あのね、虎次郎はそんな野獣ではないの。虎は虎でも、ベジタリアンの虎で、肉は一切食べないの」

「食べられないんですか? それとも食べないと誓っているだけですか?」

「食べないと誓ってるの。でも、それが一体何の関係があるっていうわけ? そろそろ帰ってくれない!?」

私の怒りは爆発寸前だった。それでも岩本は一切動じることなく、ただ他にも聞き込みをしないといけないのでそろそろ失礼しますねとだけ言葉を返す。

しかし、私がドアに手をかけ玄関から締め出そうとしたそのタイミングで、岩本が「最後に一つだけ」と振り返る。何ですか? と私が露骨に苛立ちを表に出しながら問い返すと、彼は、今度は私の目をじっと見つめながら答えた。

「我々もね、直接聞き込みを行う前に、ある程度下調べはしておくんですよ。能瀬さんの職場とか、交友関係とか、前科とか。もちろん本人だけではなくて、彼と関わりのある人についても同様です。何かトラブルを起こしていないか、能瀬さんとはどういう関係だったのか、素性を調べておくんです。だからこそ特殊な経歴であったり、人とは違った生活を送っていたりすると印象に残りやすい。たとえば、変なペットを飼ってるとかです。事件には一切関係ないことの方が案外重要だったりしますからね」

遠回しな言い方だけど、結局言いたいことは私がペットに虎を飼っていることは調査済みだったということか。

知らないふりをしやがって。私は心の中で悪態をつく。岩本は大地の失踪について何か情報が出たらまたご連絡しますと飄々と答える。

「あなたの言う通り、誰かに殺されたりしてなければいいんですけどね」

岩本が笑う。しかし、私はその挑発に乗ることはなかった。代わりに私は、もっと知りたいことがあれば、令状なり持ってきて調べればいいじゃないかと嚙み付く。それでも、岩本は愛想笑いを返すだけだった。私の後ろで、虎次郎がまたゆっくりとリビングへと戻っていく足音が聞こえてくる。

ご協力ありがとうございました。岩本が頭をさげ、私に背を向ける。そして聞こえるか聞こえないかくらいの小さな声で、一言だけ呟き、去っていった。

「また来ますよ。まだまだ時間がありますからね」


自分が直接命を奪ったわけではないから、大地の肉を食べたことはベジタリアンの思想から大きく外れたわけではない。あの日以来、虎次郎はよくそんなことを言って、自分を正当化した。こちらが問い詰めているわけではないのに、虎次郎は早口で、自分に言い聞かせるようにそんな持論をましくたてる。

「それに大地さんの肉を食べることは、恩人である春奈さんを助けることでもあるんです。だから、これは一種の思いやりであって、むしろあの場面では肉を食べることが逆説的にベジタリアンとして正しい行いだったんです。ええ、きっとそうです。そうに決まってます！」

血の匂いが抜け切るまで、念のため虎次郎には外出を控えてもらっていた。ただ、死体も無事に処理でき、私を追いかけているのもあまり頭は良くなさそうな刑事だけ。もう大丈夫だろう。そう思った私たちは久しぶりに二人揃ってお出かけすることにした。

雨は降っていなかったけれど、空はどんよりと曇っていて、どこか圧迫感を覚えてしまう。それでも久しぶりの外出ということで虎次郎の機嫌は良く、足取りは以前よりずっと軽かった。

「虎次郎さんじゃないですか！」

そんな私たちに中年男性が声をかけてくる。知り合いかなと私が記憶をたどってようやく、彼がベジタリアンのシンポジウムに虎次郎を招待したイベント主催者であることを思い出す。

「この前出演していただいたイベントなんですが、大変好評だったんですよ。今度また同じようなイベントを企画しているので、そこにもぜひ虎次郎さんに参加していただき、ベジタリアンの素晴らしさや思想を思う存分語っていただきたいのです」

「ええ、もちろん！　ベジタリアンを広めることは私の本望ですからね。是非参加させていただきたいです」

「ありがとうございます。そこまで言っていただけるとイベント主催者としても、べジタリアンの一人としても、大変心強いです」

それから彼は大げさに肩をすくめた後で、ねちっこい口調で虎次郎に向けて語り出す。

「意見の押し付けはいけないとか、偏見がダメだというのは重々承知しているんですが、やっぱり私としてはもっとベジタリアンを広めていきたいと思っているんです。もちろん大多数の方は思想の押し付けには反対されているんですが、それではいつまで経っても、このおかしな社会は変わらない。命の尊さを理解していれば、肉を食べたいと思うことなんてありえないですし、それでもなお肉を食べたいと思うなんて、理性を持たない身勝手な獣と同じです。だからこそ、理性と愛によって自らの肉食動物としての本能を乗り越えていらっしゃる虎次郎さんの声が多大な説得力を持つと私は信じてます」

その演説調の言葉に虎次郎はうんうんと首を縦に振りながら相槌を打つ。

「ええ、ええ！　全くその通りだと思います」

彼の興奮に釣られるように、虎次郎の言葉も熱を帯びていく。

「命の尊さや現代社会の問題を知ってもなお、肉を食べたいと思うなんて、醜い獣と一緒です。私たちには愛と理性があります。本能に屈するのではなく、克服しなければばならないんです！」

それから二人は、肉食主義の問題点やその他関連した社会問題について楽しそうに語り合う。やがてイベント主催者がこの後の予定を思い出し、また連絡しますと言いながら立ち去っていった。

私は彼の背中を見送る虎次郎をじっと見下ろした。私の視線に気が付いた虎次郎が私の目を覗き込み、どうしましたか？　と尋ねてくる。

「いつも私のことを嘘つきだって言ってるけど……」

虎次郎が私の目を覗き込む。獲物を狩るために顔の前側についた、二つの大きな瞳には、堪えきれずに笑みを浮かべる私の姿が写っていた。

「あんたの方こそ、どうしようもない嘘つきだね」


大地を殺してからというもの、私は同じような夢を見るようになった。

特に決まった筋書きがあるわけではないけれど、場所はいつだって大地の死体を遺棄したあの小さな埠頭で、私は車の助手席にいる。ふと隣を見れば、お腹と胸の肉が剝き出しになった大地が運転席に座っている。大地をそのままにして、私は車の外へ出る。目を閉じて深く息を吸うと、強い磯の香りがした。

それから私はトランクから人間の死体を引きずり下ろす。死体を乗せたボートを漕ぎ、暗い海に向けて死体を投げ込む。

そこでいつも私は目を開ける。目覚めたばかりの私は夢の内容をはっきりと覚えていて、磯の香りも、死体を引きずっていた時の腕の疲れもそのまま残っている。私はその余韻を噛み締めるように、目を閉じることもしないで、ただただ部屋の天井を見続ける。そうしているうちに鮮明に覚えていた夢の内容は少しずつ薄らいでいって、細部がポロポロと崩れ落ちていく。

私は顔を動かしてベッドの脇へ目を向ける。そこではいつも虎次郎がベッドに眠る私を上から覗き込むような形で座っていた。虎次郎のオレンジ色の瞳は半開きで、寝ているのか起きているのかわからない。目が暗闇に慣れるにつれて虎次郎の輪郭や縞模様が浮かび上がってきて、それから口元から床へと垂れていく半透明の涎が見えるようになる。

虎次郎の鼻息は荒く、時折痙攣《けいれん》のように口角が上がる。空いた口の隙間からは、肉を食べるために進化した鋭い犬歯が覗いていた。

しばらく観察していると、虎次郎は寝ているとも起きているとも言えない微睡から目を覚まし、私の顔を覗きこむ。それから口元から垂れる涎に気が付くと、苦悶の表情を浮かべ、虎次郎は自分を罵るような言葉を呟きながらその場をぐるぐると回り始める。

虎次郎が自分の頭を何度も何度も壁にぶつけ、低い唸り声を上げる。鈍い音が幾度も部屋の中に響き渡る。口から漏れる呻き声は、助けを求める叫び声のようでもあった。

私はベッドから起き上がり、ゆっくりと虎次郎へと近付いていく。虎次郎の大きな首へ両腕を回し、自分の身体をくっつける。いつも通り私は、服を着ていない。それは、いつでも虎次郎が私を食べられるようにするための気遣いだった。傷ひとつない自分の肌に、直接虎次郎の温もりが伝わってくる。虎次郎の身体は、暴れる本能を抑えつけようとしているのか、熱く火照っている。

大丈夫。私は虎次郎の耳元で囁きながら、顔を虎次郎に寄せる。自分の左手で虎次郎の顔を撫でていき、指を虎次郎の口へと持っていく。しかし、涎で濡れた口元へ近付けても、虎次郎は固く口を閉ざしていて、私の指先はその立派な歯の表面を触ることしかできなかった。

「人間は美味しかったでしょ？」

虎次郎が否定するように頭を振るが、その必死さが逆に、欲望の底知れぬ強さを表していた。自分が直接命を奪ったわけではないから、大地の肉を食べたことはベジタリアンの信条から大きく外れたわけではない。虎次郎は、よくそんなことを言って、自分の行動を正当化していた。

食という快楽のために生き物を不条理に殺すことは許されない、というのが虎次郎の信念だとすれば、私が殺害した大地の肉を食べることは、非難されるべきことではない。では、どうして虎次郎は、何度も自分の頭を壁にぶつけて、自分自身を罰しているのか。その答えは、明らかだった。

歯の隙間から漏れる熱い吐息が手に当たる。虎次郎の口から呻き声が漏れる。後もう少し。私は心の中で呟きながら、虎次郎に語りかける。

「そろそろ私を食べてくれるって約束、果たしてくれそうだね」

「能瀬くんの話、知ってる？」

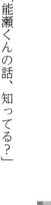

久しぶりに一緒にランチへ出かけた時、大学時代からの友達で、職場の同僚でもある香奈美が話を切り出してくる。

能瀬という言葉に私の身体が一瞬固まる。けれど、香奈美はそれに気が付くことなく、テーブルの水に口を付けるだけだった。彼女は物憂げに目を伏せながら、「能瀬くん、行方不明になってるんだってね」と言葉を続ける。香奈美が顔をあげ、私の目をじっと見つめてくる。だけど、それで動揺することはなかった。

大地は私が殺したんだよ。私は心の中で呟く。

「能瀬くんとはいろいろあったけど……。やっぱり行方不明になっているのは心配だね」

行方不明になっているのは心配。私はその言葉に引っかかる。

大地の常軌を逸した数々の行動が、私をどれだけ追い詰めたのか、私は事細かに彼女に話していたつもりだった。だからこそ、大地に対してわずかでも同情を見せるような香奈美の態度が、私の気持ちを逆撫でした。

それでも、この話題を終えたいという気持ちの方が強かった私は、別の話へ替えようとした。だけど、香奈美はそんな私の気持ちとは裏腹に大地の話をしつこく続ける。

「でも、急に行方不明になるなんてさ、大学の時と一緒だね」

香奈美がぽつりと呟いた。大学の時って何の話？　私は抑え込んでいた怒りが表に出ないよう、深く息を吐きながら尋ねる。

「何ってほら、峰山友香《みねやまゆか》ちゃんだよ。大学一年の時同じサークルにいて、能瀬くんが春菜と付き合う前に付き合っていたあの子。あの子もさ、一年の時に突然失踪しちゃってそれからずっと行方不明じゃん」

香奈美が悲痛な表情で語りだす。コップに入った氷は涼しい店内ではなかなか溶けていかない。香奈美が指先で表面に浮いた氷をくるくると回すと、コップの中で小さな渦を作って、心地良い音を奏でた。

峰山友香。日常生活の中でその名前を思い出すことはなくても、こうして話題に上がるたび、私は今でも、頭の中にありありと彼女の姿を思い浮かべることができた。

「峰山ちゃんが行方不明にならなければ、私と大地が付き合うこともなくて、あんな大変な思いもしなかったのかもしれないね」

私は彼女のことを思い出しながら、ポツリと呟く。

「え？　まあ、そうだけど……」

香奈美の歯切れの悪い相槌に引っかかり、どうしたの？　と尋ねる。香奈美は少しだけためらいながらも、質問に答える。

「能瀬くんと春奈が付き合う前、春奈がよく峰山ちゃんさえいなければ大地と付き合えるのにって言ってたのをちょっと思い出しただけだよ」

「そんなこと言った覚えないけど」

「いや、言ってたよ」

「言ってないってば」

「言ってたって。実際、春奈が前々からそう言ってたのと、峰山ちゃんが行方不明になってすぐに二人が付き合い始めたのとでさ、峰山ちゃんの失踪は能瀬くんの浮気が原因じゃないかってみんな噂したくらいだよ？」

　香里奈が真剣な表情で話す。私は自分の記憶をたどり、それから香里奈の目をじっと覗き込みながら返事をした。

「私は絶対にそんなこと言ってないし、それ以上言いがかりつけるなら、マジで許さないよ？」

　私の言葉に、香里奈の表情が固まった。それから「ごめん、そんなつもりじゃなかったの」とかすれるような声で謝罪する。私は彼女から目を離さず、彼女が本心から反省しているのかを読み取ろうとした。だけど、香里奈は私の視線に気が付いたのか、私から顔を背け、気まずさを誤魔化そうとするように机の上に置かれたままの水へと手を伸ばした。

香里奈の手がコップに届く直前、私は彼女の手をつかんだ。手をつかまれた香里奈は怯えた表情を浮かべながら、どうしたの？　と震える声で問いかけてくる。私は何も言わずに香里奈の目を見つめ続ける。右手で握っている彼女の手の柔らかさを感じながら、大地よりもずっと美味しそうだなと考えてしまう。

香里奈は女性の中でも小柄で、骨もそれほど太くないはず。大地が五日程度なら、二日、三日で虎次郎はペロリとたいらげてしまうかもしれない。私は虎次郎が香里奈の柔らかいお腹に食らいついている姿を想像してみる。想像の中、香里奈の虚な目は、何かを訴えるかのように私をじっと見つめていた。

離して。香里奈がそう言ってきたから、離してくださいでしょと私が注意してあげると、香里奈は迷いながら、「離してください」と呟く。そこでようやく手首を離してあげる。香里奈は安堵のため息をついた。

「……これを言うと、また怒られちゃうかもしれないけど、春菜と能瀬くんが付き合い出した時、ちょっとだけお似合いだなって思ったの」

長い沈黙ののち、香里奈がそんなことを言った。

「お似合い？　私と大地が？」

「そう。能瀬くんも、ぱっと見は普通の人だけど……おかしなところがあったでしょ？　でもさ、春菜も少しネジが外れた部分があるじゃんか。類は友を呼ぶじゃないけど、周りにはやっぱり同じような考え方をした人間が集まるし、そういう人たち同士が惹かれ合うんだなって」

香里奈と同じような話を前に誰かから聞いたことがあった。少し考えてから、それが虎次郎だったと思い出す。ベジタリアンの周りにはベジタリアンが集まる。たしかそんな話。

ネジが外れた部分。香里奈が私の機嫌を損ねないように慎重に選んだ言葉を、私は独り言のように呟く。たとえばどういうところ？　その言葉の意味が理解できなかった私に、香里奈は眉を顰め、言葉を続けた。

「冷静になってよく考えて。自分を食べてもらうために虎を飼うってさ、普通の人間がやることじゃないよ？」

「近藤さんにこの前久しぶりに声をかけてもらったんです」

私は一瞬だけ考え、それからようやく思い出す。

「ああ、あの六階に住んでる、同じベジタリアンの人ね。最近避けられてるって言ってなかったっけ？」

ソファから上半身だけ起こしながら私が尋ねると、虎次郎は「多分、私があまりにも元気がなさそうだったんで、心配してくれたんだと思います」と少しだけ嬉しそうに答えた。

「思い詰めていたこともあって、自分の悩みを聞いてもらったんです。もちろんあの件のことを話したわけじゃないですよ。ただ、どうしようもなく肉を食べたいと思うことが今まであったか、近藤さんに聞いてみたんです。私と同じベジタリアンの彼女なら、理解してくれると思って」

「それで近藤さんは何て言ったの？」

「もちろん自分もベジタリアンをやめたいと思ったことはあると。他の人と比べて食の楽しみが制限されていることは事実だし、今の日本だとまだまだ理解が進んでいなくて、肩身の狭さを毎日感じているって。でも……」

「でも？」

「自分の信念を貫くことは素晴らしいことだから、頑張って欲しい。自分も頑張るから。彼女は私にそう言ってくれたんです」

良かったね。私は相槌を打ったけれど、自分の口から出たその言葉には、自分でもわかるくらいに感情がこもっていなかった。だけど、虎次郎はそんなことにも気が付かないで、無邪気に尻尾を振り、力なく微笑みかけてくる。

寝不足とストレスのせいか、最近の虎次郎はどこか元気がない。さっさとベジタリアンであることをやめ、大地と同じように私を食べてくれたら、すべて解決するのに。私は心の中でそんなことを呟き、それから、近藤という人物に対する心の声が思わず口からこぼれ落ちてしまう。

「余計なこと言いやがって」

私は立ち上がり、部屋着の上から外行きの服を羽織った。それに気が付いた虎次郎が顔をあげ、時計で現在時刻を確認しながら不思議そうな表情を浮かべる。

「こんな時間にお出かけですか？」

「ちょっとそこのコンビニでお金を下ろしてくる」

「別に明日でも良くないですか？」

虎次郎は眉を顰めながら玄関までついてくる。玄関の扉を開けながら、私は虎次郎にすぐ戻るからと言葉をかけた。虎次郎は納得のいかない表情のままこくりと頷く。

鍵をかけるようにと虎次郎に伝え、部屋のすぐ目の前にあるマンションのエレベーターの前に立った。

私は矢印の上のボタンを押す。しばらくしてやってきたエレベーターに乗り込み、六階へ向かった。目的の部屋の前にたどり着くと、インターホンを鳴らした。

ドアの向こうから聞こえてくる足音。ゆっくりと扉が開き、ドアの隙間から近藤さんが顔を覗かせる。扉が開いた瞬間、片足をドアの隙間に挟み、そのまま無理やり身体をねじ込んで玄関の中へと入り込む。彼女はやめてくださいと私を静止しようとするが、その声は恐怖で震えていて、小さかった。

私は彼女を見下ろした。彼女は私よりも頭一つ分くらい背が低くて、小動物のような見かけをしている。着ている服も、仕草一つ一つも、品の良さが感じられる。私が一番嫌いで、なおかつ思い通りにしやすいタイプの人間。彼女の印象は、前に会った時と全く変わっていなかった。

「うちの虎次郎にあまり話しかけないでって言ったよね?」

近藤さんは顔をあげ、「あまりにも元気がなかったので」と弁解してくる。私が小さく舌打ちをすると、近藤さんの表情がさらに硬くなる。

そんなのあなたには関係ないでしょ? 私はそう伝えたが、彼女はグッと拳を握りしめて、反論してくる。

「こんな風に虎次郎くんを縛り付けるのはダメだと思います。もっと彼の意思を尊重してあげないと……」

「第三者のあなたが何を言ってるの？　私と虎次郎の関係は私たちが決めることであって、あなたが首を突っ込むことじゃないでしょ？　頭がおかしいわけ？」

「でも、物事には限度というものがあるというか」

「私たちのことなんて何も知らないあなたに、あーだこーだ言われる筋合いはないんですけど？」

「でも、ここ最近の虎次郎くんはあまりにも元気がなくて……」

「だから!!　それはあなたには関係がないって言ってるでしょ!!」

怒りのスイッチが一瞬で入り、私は叫んだ。近藤さんがビクッと身体を震わせて、お隣に聞こえるのでやめてくださいと懇願してくる。その様子がさらに私をイライラさせた。

ただ私の言うことを聞くだけでいいのに、なんでそんなこともできないのか。近藤さんも虎次郎も、大地だってそうだった。私はこんなに我慢しているのに、気を遣ってあげているのに、どうして？　溜め込んでいた不満がぐつぐつと煮え立っていく。

私は必死に深呼吸して、もっと建設的な話し合いをしなければと自分に言い聞かせる。

もう一度目の前にいるクソ女へ視線を戻した。彼女はまた私が突然叫び出さないか様子を窺っていて、恐怖のあまり今にも泣きそうな表情を浮かべている。

私は彼女の目をじっと見つめた後で、彼女の家の中へと視線を移した。近藤さんも私の視線を追って、振り返る。私はリビングにつながる廊下を見つめながら、彼女に問いかける。

「そういえば、飼ってたインコは元気？　前みたいに逃げ出したりしてない？」

その言葉に彼女の身体が固まるのがわかった。

「ほら、ちょっと前にさ、近藤さんがゴミを出しに行っている短い間に、インコが窓から逃げちゃったってことあったじゃない」

「……ゴミ出しの間に逃げたっていうのは、誰にも話してないと思うんですが」

「何？　ゴミ出しの間に逃げたなんて、私一言も言ってないけど？」

「いや、今、自分で言ってたじゃないですか」

「わけのわからない嘘をつくのはやめてくれる？」

何かを言いかけようとした彼女を制するように、私は親切心から忠告してあげる。

「あの時は、偶然見つけた私が保護してあげたから良かったけどさ、また逃げ出さないように注意しておいた方がいいよ」

近藤さんが私を見上げる。恐怖と緊張で塗り固められた表情を見て、もう大丈夫だなと判断する。虎次郎にはもう近付かないでね。念押しすると、彼女は何も言わず黙って頷くだけだった。

誰にだってこういうことをしているわけではない。ただ、昔からこういうことをしたら言うことを聞いてくれるような人を嗅ぎ分ける能力というか、勘が私にはあった。争い事が嫌いで、何かあったら自分のせいだと考える人。そういう人は大声で威圧するだけで大抵のお願いは聞いてくれるし、他の人に迷惑をかけたくないから周りに助けを求めることもない。近藤さんを初めて見た時、私は彼女がそっち側の人間だとはっきりとわかった。この人は、いくらやっても大丈夫な人間だと。

私は近藤さんの肩に手を置く。もう終わりだろうと油断していた彼女の震えが伝わってくる。

「でも、まずはさ、謝ってよ。前に約束したことを破ったんだから」

「……すみませんでした」

「違うでしょ？」

「何がですか？」

「土下座してよ。別に誰かが見てるわけじゃないから、恥ずかしくないでしょ？」

私が床を指差すと、近藤さんは今にも泣きそうな表情で首を横に振った。できませんと弱々しい言葉で言い返してきたから、私は大声でもう一度「土下座しろよ‼」と叫んでやった。近藤さんがやめてくださいと懇願する。私は何も言わずにもう一度床を指差す。彼女はようやく観念したのか、ゆっくりと、両膝を床につけていく。

ごめんなさい。近藤さんはそう言いながら私に土下座した。わかってくれたらいいんですよ。私は吐き捨てた後で、お邪魔しましたと玄関を出ていく。

問題ごとが一つ片付いた私は軽やかな足取りでエレベーターを降り、自分の部屋に戻った。玄関を開けると、目の前に虎次郎がいて、おすわりの状態で私を待っていた。別に玄関で待っていなくても良かったのに。私が笑いながら虎次郎に喋りかけると、虎次郎はいつになく真剣な表情で私に問いかけてくる。

「どこに行っていたんですか？」

靴を脱ぎながら、コンビニって言ったでしょと答える。靴を靴箱に入れ、もう一度虎次郎の方へと振り返る。虎次郎はまだそこに座っていて、まるで私を疑うかのように目を細めていた。

「だったら、どうしてエレベーターで、上の階へ行くボタンを押していたんですか？」

私は何も答えなかった。部屋を出る時、虎次郎が玄関まで付いてきていたことを思い出し、別に見られていても不思議ではないかと自分を納得させる。

私が何も言わないので、問い詰めている側の虎次郎の方が逆にソワソワし始めた。私から目を逸らし、何かを窺うようにちらりと視線を送り、だけど勇気が出なくて喉元まで出かかった言葉をグッと呑み込む。その繰り返し。

私は街中で大地と遭遇した際の、虎次郎の様子を思い出す。大地は相手が虎だからと臆することはなかったし、むしろ自分の方が強いんだぞと言わんばかりに虎次郎を挑発した。

だけど、それに対して虎次郎は大地の思惑通りただただ圧倒されるだけ。肉を食べない心優しい虎。そのこと自体は立派ではあるけれど、大地や私のような人間にとっては、優しければ優しいほど、付け込みやすくなる。

優しさが通用するのは、その優しさが理解できるだけの優しさを兼ね備えている人にだけだ。そんなものを持ち合わせていない人間に対する優しさは、募金や寄付と一緒で、与えるだけで戻ってくることはない。

世界に優しい人間しかいなかったら良かったのにね。心優しい虎次郎に私は心の中で呟いた。

「近藤さんの家に行ってきたんですか？　一体何の用事があって……？」

虎次郎が意を決してようやく口を開いた。

「これ以上黙っているのも面倒だから話すけど、虎次郎とあんまり関わらないでってお願いしてきたの。前と同じように」

「前と同じように？」

「そっか、言ってなかったっけ。前に虎次郎があの子と仲良くしてるって聞いたから、それを注意しに行ったの。たまたま行方不明になっていたインコを返すついでに」

私の言葉と同時に、虎次郎の呻き声が口からこぼれるのがわかる。どうしてですか？　虎次郎は苦悶しながらも、必死にそんな言葉を絞り出す。

「どうしてって、あの子と付き合ってたら悪い影響を受けて、虎次郎が私を食べられなくなっちゃうでしょ？」

「違います！　私が聞きたいのは……どうしてそんな無邪気に、自分勝手なことができるのかってことです！」

叫ぶように発したその言葉が部屋に響き渡る。

「誰だって自分のことを一番に考えるし、今更そんなことを言ったってしょうがないでしょ。逆に聞くけど、あんたは自分勝手なことは一切してないの？」

「議論をすりかえないでください！　私だって自分のことを優先することはありますよ。でも、春奈さんははっきり言って、異常です。自分の要求を通すためなら手段を選ばないし、平気で嘘だってつく。どうして、誰かが苦しい思いをしたり、誰かが傷付いてしまうという可能性を考えられないんですか？　大地さんのことだってそうです。大地さんも異常者であることはわかってます。でも、本当に殺す必要まであったんですか!?」

その言葉に、今度は私が反論する。平気で嘘をつくなんて言われるのは心外だし、大地のことに限って言えば、こちらは完全な被害者だ。

束縛され、言葉と暴力を受け、さらには警察にストーカー容疑で接近禁止命令が出されるまで付き纏われた。まるで私が大地を殺したのはやりすぎだと言わんばかりのその主張が、私をさらにイライラさせる。

「根性焼きのお話を以前してましたよね？」

「ええ、したけど？　大地と付き合っている時、大地が火がついているタバコを私の胸のあたりに押し付けて、火傷を負わせたって話よね」

「私もその話を聞いて、能瀬大地という男をとんでもなく恐ろしい人物だと思いました。でも、その話が本当なら、どうして春奈さんの身体にはその跡がどこにもないんですか?」

「何言ってるの?」

虎次郎が私から目を逸らし、それから言葉を続けた。

「私がキッチンで大地さんの服を脱がせて、死体を食べようとした際、彼の胸のあたりにタバコの根性焼きの痕を見つけたんです」

私は何も言わずに虎次郎を見つめ続ける。虎次郎がもう一度私の目を見てきたけれど、その声は、小さく震えていた。

「さらに言えば、大地さんが死んだ時、彼の所持品にタバコはありませんでした。愛煙家の春奈さんはいつもタバコを肌身離さず持ち歩いていますから、私はずっとそのことが引っかかっていたんです。一体、どこからが本当で、どこからが嘘なんですか? 根性焼きの話も、同僚の家に乗り込んで相手を土下座させたって話も、本当に大地さんが春菜さんに対してやったことなんですか!?」

虎次郎が混乱のあまり、でたらめを言い始めた。その言葉を聞いた時、私はそう思った。虎次郎だけはきちんとわかってくれていると思っていたのに。虎次郎だけはきちんと私の話を聞いてくれていると思っていたのに。期待は裏切られ、私の胸の中で失望感が広がっていく。

だって、そうでしょう？　私は一度だって、大地からそんなことをされたなんて、言った覚えがないのに。

「そんなに私のやってることが気に食わないなら、私を食べてよ。そしたらすべて丸く収まるでしょ？　実際、大地を食べてからというもの、毎日のように私を食べてしまいたいって思ってるじゃない」

「絶対にそんなことはしません。食べたいと思っていることが事実だとしても、自分の欲望のために命を奪ったりすることなんて、私にはできません！　自分勝手な存在は、何も考えない獣と一緒です。私はそんな存在になりたくなんかない！」

私は虎次郎をじっと見下ろした後、何も言わずにキッチンへと歩いていく。状況を理解できない虎次郎がこちらを見守る中で、私は流し台の下から包丁を取り出す。

「何をするつもりですか……？」

虎次郎が身体を持ち上げ、臨戦体勢へと変わる。私は一歩ずつ虎次郎に近付きながら、鈍く光った包丁の刃先を自分の左手の人差し指の腹に押し付けていく。皮膚と肉が切れる感触が包丁を持つ手に伝わってきて、銀色の刃が皮膚に沈み込む。そしてワンテンポ遅れて、鮮やかな赤い血がにじみだしていく。

血が私の指先から垂れ、床に滴る。その瞬間、虎次郎の目がいつもの温厚なものから、獣のそれに変わったのを私は見逃さなかった。

抱き付くように身体を近付け、そのまま血が滲んだ指先を虎次郎の口元へ持っていく。虎次郎が私の指を振り払おうとするが、私は頭を力強くつかみ、それをさせなかった。

虎次郎は必死に歯を食いしばり、抵抗した。切り傷は私が思っていたよりもずっと深く、血はどんどん溢れ出し、虎次郎の口の中を満たしていく。虎次郎の鼻息が荒くなる。

獣の匂いのような湿った匂いがあたりを漂い始める。そして、唾を飲み込むために、虎次郎の喉が隆起したタイミング。虎次郎の口の中に入れていた私の人差し指に強烈な痛みが走った。

私は反射的に手を引っこめた。人差し指の第二関節から先がなくなっていて、代わりに綺麗に嚙みちぎられた骨と肉が露わになっていた。

「ああ!!」

虎次郎が叫ぶ。強烈な痛みは感じていたものの、私は慌てることなく立ち上がり、止血用のガーゼと氷の準備を始める。嚙みちぎられた指にガーゼを巻く横で、虎次郎が両脚で頭を抱え、叫び続けていた。

「美味しい！　美味しい！　美味しい!!」

叫び声と言うよりも、慟哭と言った方が正しいかもしれない。再び口にしてしまった人の肉と血の味が、あの日を呼び醒ましていた。虎次郎は美味しい、美味しい、と叫びながら、その場をぐるぐると歩き回る。それから、壁に自分の頭をぶつけ始める。鈍い音が何度も響くが、虎次郎は手加減することなく、自分の頭を壁に打ち付けていく。

私はガーゼを巻き終わり、保冷剤をその上から押し当て、テープでぐるぐる巻きにして固定する。それから頭をぶつけ続けている虎次郎に近付いて、穏やかな声で囁く。

「どんなに立派な志を持っていようと、結局私たちは獣なの。今更いい子ぶったからって、それが変わることはないでしょ？」

「それを言ったらお終いです！　獣だからこそ……獣から抜け出すために自分を律さないとダメなんです！」

「でも、あなたは私の指を嚙みちぎった。この味を忘れることができる？」

虎次郎が泣きそうな表情で私を見返してくる。そこに自分の信念を語る時の凜とした表情はない。あるのは、自分自身、そして私に対する深い絶望と諦めだった。楽になりなよ。私の言葉に、虎次郎はぽつりと返事をする。

「いっそのこと、殺してください。いや、春奈さんが望んでいたように、私を食べてください」

「どういうこと？」

「言葉の通りです。このままだときっと私は、ベジタリアンであることをやめ、人間の肉を喜んで食べる獣に成り下がります。だったら、せめて私の理性があるうちに、まだ獣ではないうちに、誰かに食べられてしまいたいです。食べられることで、私は自分勝手に誰かの命を奪うような加害者にならずに済むからです」

食べてもらいたいのは私の方なのに、どうして私が虎次郎を食べなくちゃいけないのか。

しかし、虎次郎の表情は真剣だった。私はその表情に何も言えなくなってしまう。

「春奈さん、言ってましたよね。私が大地さんを食べきった見返りに、何か一つだけお願いを聞いてくれるって。だったら、お願いです。私を食べてください。誰かを食べる側になるなら、誰かに食べられる方がマシです！　春菜さんが言っていたお釈迦様みたいに、高貴な志を持ったまま死んでいきたいです！」

虎次郎が言っていることを頭の中で繰り返す。虎次郎は一時の気の迷いでこんなことを言っているわけではない。それだけは私にも理解できた。そして、証拠隠滅をしてくれた虎次郎に、何か一つだけお願いを叶えてあげると言ったことも覚えている。私は虎次郎をじっと見つめる。私を食べてもらうために飼い始めた心優しい虎。いつかはきっと私を食べてくれるはず。そんな期待を胸に一緒に暮らしてきた。だが、きっと虎次郎は未来永劫私を食べることはないだろうし、私を食べるくらいだったら自分で自分の命を絶ってしまうだろう。そして、それが事実だとしたら、私がこうして虎次郎を飼い続けることに一体何の意味があるんだろう。

目の前の哀れな虎の姿を見下ろしながら、頭の中にいろんな選択肢が浮かんでくる。虎次郎はまた自分の頭を壁にぶつけ、悲痛な声で叫んだ。

「私を食べてください！」

玄関を開けると、そこには警察官の岩本が立っていた。岩本は警察手帳を見せながら、お久しぶりですと不敵に微笑む。

「今日はですね、能瀬大地さん、そして五年前に行方不明になった、峰山友香さんの件でお話を伺いにやってきました。いや、もっと簡潔に言いましょう。能瀬大地さんおよび峰山友香さんの殺人容疑で出頭命令が出ていますので、署までご同行をお願いできますでしょうか?」

頭痛と耳鳴りのせいで、岩本の言葉が私の頭をただただすり抜けていく。殺人容疑、出頭命令という単語が聞こえた気がするが、それが一体何を意味しているのか、私にはいまいち理解できなかった。

「能瀬大地さんの親族から彼のパソコンを提供してもらい、解析を行ったんですが、その中に、ある動画が保存されていたんです。そこには、能瀬さんが当時所有していた車の後部座席で、あなたが峰山友香さんの首を絞めている姿が写っていました。画角からしておそらく能瀬さんがあなたにバレないように撮影していたんでしょう。能瀬さんはあなたに、弱みを握っていると繰り返し言っていたそうですね。おそらく、それはこの動画のことだったんでしょう。その動画に含まれていた位置情報から犯行現場である埠頭を突き止めました。そして、埠頭周辺の海底を捜索したところ、白骨遺体と、能瀬大地さんのものと思われる骨や毛髪が詰められたリュックが見つかったというわけです。白骨遺体の方はまだ調査中ですが、おそらく峰山友香さんのもので間違いないでしょう。峰山さんを殺した犯行動機は……取調室で改めてお伺いするとは思いますが、能瀬大地さんと交際するためですかね？　まあ、自分の元交際相手を目の前で殺した相手と何年も付き合うなんて、私には想像もできないですけどね」

「『元』じゃない。大地が私に告白してくれたのは、あの子を殺した後だったから」

「告白？」

「大地が言ってくれたの。『俺は春菜のすべてを受け入れるし、春菜が殺人で逮捕されたとしても、絶対に俺だけは見捨てたりしない』って」

岩本が困ったように頭を掻く。ボサボサの髪からフケが落ちて、彼の肩に降り積もっていく。

「でも、実際、能瀬さんはあなたが彼女を殺す動画を盗撮して、ずっと大事に保存してましたよね。いつかあなたを脅迫するために」

しばらく悩んだ後で、岩本がようやく口を開いた。

「あなたが自分から離れないように秘密を握っていた。結局それは愛なんかじゃなくて、執着ですよ。本当に相手を想っているんであれば、そもそも殺人を止めようとするべきですし、殺人を犯したのであれば自首を促すべきです。まあでも、とりあえず署までご同行をお願いできますか？　あ、そうそう。おそらくしばらくこの家に帰れないと思うので、どなたかお知り合いに、ペットの虎のお世話をお願いしておいた方がいいですよ」

ペットの虎。その言葉を聞いて、そうだったと私は独り言のように呟く。同時に頭痛と耳鳴りがひどくなる。言葉が出てこず、虚空をじっと見つめていると、しびれを切らした岩本が小さく咳払いをする。

私は白昼夢にいる時のような感覚のまま岩本へ視線を向け、それから問いかける。

「ねえ、お腹って空いてる?」

岩本が眉を顰め、急に何ですか? と問い返してくる。

頭が痛い。耳鳴りで岩本の声がどこか遠い場所から聞こえてくるかのようだった。

私は後ろを振り返り、閉め忘れて開きっぱなしになっていた冷凍庫の扉をちらりと見る。

それから。私は眉を顰めたままの岩本に、答えた。

「できる限り頑張ってみたんだけど……やっぱり一人だとなかなか食べきれなくって」

言葉のグルメ

食べて美味しい言葉はたくさんあるけれど、やはり一番美味しいのは、自分の人生の節目に存在する言葉だ。古今東西ありとあらゆる言葉を食べてきたけれど、最終的にたどり着いたのはそんな結論だった。

美味しい言葉と聞いて真っ先に思い浮かべるのはやはり、詩人が書いた美しい言葉だろう。

実際、私も美味しい言葉巡りを始めた頃は、そんな言葉を好んで食していた。美しいリズムと洗練された単語の組み合わせは目にするだけで食欲をそそるし、口に含んだ瞬間に溶けてしまうような上品な舌触りは、日頃食べているような話し言葉やビジネス用語とは比較にならないほど美味だ。

加えて、店内に流れる異国風のＢＧＭや、同時に注文した白ワインがあればこれ以上に最高の食事は存在しない。今でも私は、取引先との会食や何かの記念日には、有名な詩人の言葉を食べに恵比寿の高級レストランへ赴く。

だが、それだけでは飽き足らず、もっと違った言葉を食べてみたいという好奇心もあった。

たとえば、レトロな雰囲気を醸し出した古風なカフェへ偶然入った際、メニューにあった偉人の名言なるものを食べたことがある。

政治や科学の分野で成功を収めた偉人が、後世に残した格言を調理したものであり、聞くところによると、若いビジネスマンが好んで食べるらしい。

四十代の私としては、顎が疲れるような硬さが少しだけ気になったが、嚙むたびに深い味わいが口の中に広がり、食後はかなり精がつくような感じがした。

だから若いビジネスマンに好まれているのかと納得し、それ以降、元気がない時などに進んで食べるようになった。

いつしか知人からも言葉のグルメ通と言われ、私はもっとこの道を極めようという志を持つようになった。

道を極めるのであれば美味しい言葉だけではなく、ゲテモノやジャンクワードと呼ばれる安くて美味い言葉も広く経験しておく方がいいだろう。私はそう考え、時間を見つけてはそれらの専門店を訪れるようになっていった。

回文専門レストランでは一口二口食べるだけでまるで安い酒をしこたま飲んだかのような酔いを体験できたし、若者言葉やギャル言葉は、私にとっては若干味が濃すぎるようにも感じられた。しかし、だからといって美味しくないわけではなく、汚い言葉は味も悪いと信じ込んでいた私の予想を見事に裏切ってくれた。

家族や同僚に内緒で訪れた、新宿歌舞伎町の悪口専門店もかなり刺激的な体験だった。

他人の悪口ほど盛り上がるものはないと言われている通り、悪口料理には中毒的な魅力がある。他の言葉料理と比べたら値段も高く、味も特別美味というわけでもなかったが、不思議なことに一口食べるごとにもっともっと食べたいという気持ちがどんどん強くなっていく。

そういう理由で、一時期は悪口料理ばかり食していた。しかし、ボロボロの身なりをした男性がしわくちゃになった一万円札を手に、虚な表情でレストランへ来店する姿を見て以来、悪口料理は口にしていない。

もしあの時、あの男性の姿を目にしていなかったら、今も悪口料理を食べ続け、廃人同然になっていたかもしれない。

こうして、ありとあらゆる言葉を食べるようになってから、知人に美味しい言葉料理のお店を聞かれることが多くなった。

私は彼らが欲しているものを聞き出して、自分の記憶の引き出しから答えるようにしているが、なかなか評判が良く、私としても彼らの役に立てて嬉しい限りだった。

そして、それと同じくらい尋ねられるのが、今まで一番美味しかった言葉は何なのか？　という質問だ。

ひょっとしたら絶品料理を期待して聞いているのかもしれないが、すべての人が一番美味しいと感じるような言葉はない。言葉の味というのはその人の好み、その時の状況、場の雰囲気によって影響されるものだ。

だからこそ、私の人生経験で一番美味しかった言葉は、他の人にとってはそうでもない言葉、あるいはそもそも他の人には食べることすらできない言葉だと言える。

そう前置きしたうえで、私はこう答えるようにしている。

今までの人生で最も美味しかった言葉は、「結婚しよう」というプロポーズの言葉だと。

ロマンチックな出会いから始まり、デートを重ね、二人で過ごす時間を積み上げていく。いろんな場所へ行き、いろんなことを語り、それから二人で愛を確かめ合う。

積み上げられた幸福と思い出によって二人の気持ちは高まっていく。

そして、二人が出会ったのと同じ日。夜景が素晴らしいレストランを予約し、二人で記念日を祝う。食事の後、何かを期待して私を見つめる彼女、そして、それに促されるように私は婚約指輪を取り出す。

「結婚しよう」

私の言葉に彼女は頷き、瞳から美しい涙を流す。

幸せの絶頂を噛み締めながら、先ほど私が発したばかりの新鮮な言葉を調理してもらい、二人で将来を語り合いながら、その言葉を食べる。

その味は筆舌に尽くし難い。どんな有名な詩人の言葉であろうと、どんなに胸を打つ言葉であろうと、この時、この場所での、この言葉の味を超えることはない。

ありとあらゆる言葉を食べてきた私の言葉のグルメ人生において、それだけはきっとこれからも変わることはないだろう。

その質問をしてきた人には、このエピソードを語った上で、お節介だと思いつつも、こんな言葉を付け加えている。最も美味しい言葉を食べる一番の方法は、君がそれだけの素晴らしい経験をすることだ、と。つまり、素晴らしい経験をした数だけ、言葉のグルメがあるのだということを。

実際、プロポーズを五回経験している私は、その数だけ「結婚しよう」という素晴らしく美味しい言葉を食べることができている。

ああ、どうしてもまた食べたくなってきた。最も美味しい言葉を食べるため、そろそろ次の結婚相手を探さなければ。

本書は、小説投稿サイト「小説家になろう」に掲載された作品を再編集・加筆修正し、書き下ろしを加えたものです。

生《う》まれてきてごめんなさい定食《ていしょく》

村崎羯諦《むらさきぎゃてい》

2023年5月5日初版発行

発行者……千葉 均
発行所……株式会社ポプラ社
〒102-8519 東京都千代田区麹町4-2-6

フォーマットデザイン 荻窪裕司(design clopper)
組版・校閲 株式会社鷗来堂
印刷・製本 中央精版印刷株式会社

落丁・乱丁本はお取り替えいたします。

電話(0120-666-553)または、ホームページ(www.poplar.co.jp)のお問い合わせ一覧よりご連絡ください。
※電話の受付時間は、月～金曜日、10時～17時です(祝日・休日は除く)。

ポプラ文庫ピュアフル

ホームページ www.poplar.co.jp

N.D.C.913/270p/15cm
ISBN978-4-591-17789-1
P8111353